Менам муза абу вуза

Paradigme éditions

www.editions-paradigme.com

Équipe éditoriale dirigée par Gilbert Trompas.
Conception graphique / Mise en pages : Clément Saliou.

ISSN : 2428-2405
ISBN : 978-2-86878-062-1

Les Éditions Paradigme ® sont une marque de
CORSAIRE ÉDITIONS ®, éditeur indépendant
11, rue de Châteaudun
45 000 ORLÉANS

Менам муза абу вуза

Ma muse n'est pas à vendre

Ivan Kouratov

Édition bilingue présentée par
Sébastien Cagnoli et Yves Avril.
Traduction du komi et
du russe par Yves Avril.

passerelles en Poésie

n° 11

Collection dirigée par Yves Avril

Paradigme éditions

SOMMAIRE

Ni scandinaves, ni slaves : des voix originales d'Europe du Nord

Sébastien Cagnoli

L'anthologie de la poésie komie dont le présent volume constitue la première partie vient combler une lacune avec le plus grand bonheur. En effet, si la voix des poètes hongrois, finnois ou estoniens sait se frayer un chemin jusqu'aux oreilles francophones en empruntant les réseaux culturels d'Europe occidentale, nous ne recevons toujours que peu d'échos des autres créations lyriques finno-ougriennes : celles de leurs collègues de Russie.

Pourtant, si le komi n'est pas une langue de l'Union européenne, il n'en est pas moins celle d'une république de 416 774 km^2 (une superficie intermédiaire entre celles de l'Allemagne et de la France) habitée par une population de 830 381 habitants (comparable à l'Estonie ou au Luxembourg), au sein de la Russie. C'est la plus vaste entité européenne de la fédération, et l'une des plus riches. Elle occupe les mêmes latitudes que la Finlande, mais au pied de l'Oural : le climat y est donc plus continental et l'influence arctique plus sensible. Les Komis sont établis dans cette région de taïga depuis le Moyen Âge, sur les bords de la Vytchegda et de ses affluents, un système fluvial qui aboutit au port d'Arkhangelsk. Pêcheurs et chasseurs, ils ont longtemps puisé leurs ressources dans les cours d'eau et les forêts. Par la suite, ils se sont un peu étendus vers l'est et vers le nord, notamment sur le cours de la Petchora – troisième fleuve d'Europe par son débit, après la Volga et le Danube –, où certaines communautés, à proximité de la toundra, ont pris goût à l'élevage des rennes.

Les premières frontières d'un État komi autonome furent tracées par les bolcheviks en 1921 (avant d'adopter leur forme actuelle dans les années 1930), sur la base de l'identité nationale des Komis dits « Zyriènes » (par distinction des Komis méridionaux restés près de leur territoire d'origine et de leurs cousins oudmourtes, dans le bassin de la Kama). Cette nouvelle division administrative réunissait ainsi un peuple de langue finno-ougrienne jusque-là dispersé dans plusieurs régions de l'empire tsariste et déchiré par le front nord de la guerre civile en 1918-1920. La capitale fut établie à Oust-Syssolsk (confluent de la rivière Syssola dans la Vytchegda), une ancienne localité komie, bientôt rebaptisée Syktyvkar.

De tradition animiste mais convertis au christianisme orthodoxe à la fin du XIVe siècle, les Komis ont conservé une vision du monde où l'être humain occupe humblement la place qui lui revient sur la terre, en harmonie avec son prochain et avec la nature : on ne sera pas surpris de retrouver le reflet de ces caractéristiques dans la poésie.

Le patrimoine komi de tradition orale a particulièrement attiré l'attention des savants au XIXe siècle. Le komi s'écrivait depuis un demi-millénaire, mais l'usage de la langue écrite demeurait assez limité. Dans le domaine de la poésie épique, en version française, on peut se référer aux belles traductions de Jean-Luc Moreau qui figurent dans le recueil *Le pouvoir du chant*, une anthologie de la poésie populaire ouralienne compilée par Domokos Péter en 1980 (p. 129-145), notamment les légendes de Théodore Kiron et de Kiryane-Varyane. Un autre genre caractéristique est celui de la lamentation rituelle, en particulier dans le cadre des noces :

> Mon clair soleil, ma grande liberté de jeune fille !
> Un ours noir est venu et sans me demander, sans rien me dire,
> il a commencé à me prendre, à m'arracher à mes parents.
> Sans avoir enlevé l'écorce du bouleau, il a commencé à s'en prendre à l'aubier…[1]

Plus généralement, les chansons mélancoliques évoquent la joie de vivre fugitive ou illusoire :

> Tu ne sais pas encore,
> Beau et bel adolescent,
> Quelle plaisanterie est notre vie ;
> Ni ton prix,
> Ni ton bonheur,
> Tu ne les connais pas encore !
> L'homme n'est pas longtemps jeune !
> Toute notre vie n'est pas longue !

---

1 *Le pouvoir du chant*, Jean–Luc Moreau (trad.), Budapest, Corvina Kiadó, 1980, p. 141.

Que ta raison
Tienne en bride tes forces !
Le temps est une chose qui pour nous s'évapore...[2]

La langue écrite se développe rapidement dans la seconde moitié du XIXe siècle, grâce à des initiatives religieuses ou pédagogiques. Piotr Klotchkov (1831-1853) compose des chansons ; Vassili Kouratov (1820-1862), prêtre et linguiste comme son frère cadet Ivan (auquel est consacré le premier volume de la présente anthologie), recueille de la poésie populaire et des vers dans sa langue maternelle (dont la plupart ont disparu, à l'exception des « Lamentations de la fiancée donnée en mariage », citées dès 1850 dans une grammaire zyriène) ; diplômé de l'université de Saint-Pétersbourg, Guéorgui Lytkine (1835-1907) étudie également le zyriène, publie des ouvrages sur l'histoire des Komis, traduit des textes religieux et, plus généralement, apporte une contribution décisive au travail collectif de fondation qui va permettre à la littérature komie de s'épanouir sur des bases solides.

Dans ce contexte d'enthousiasme national pour le folklore, de collecte de poésie populaire et de fierté vis-à-vis de la langue maternelle, Ivan Kouratov (1839-1875) est le premier à donner au komi une véritable portée littéraire et reconnue. Cadet de cette génération d'érudits, il inscrit l'idiome de son peuple dans le paysage poétique de la Russie et lui offre un statut significatif au sein de la culture européenne. Aussi est-il considéré comme le fondateur de la littérature komie ; depuis les années 1920-1930, il est élevé au rang d'« écrivain national ».

Le fait est que Kouratov a ouvert la voie à toute une génération qui va explorer les ressources poétiques de la langue komie dans diverses directions, et ce, dès les dernières décennies de l'Empire. Kallistrat Jakov (1866-1926) entreprend l'ambitieux projet de composer une « épopée nationale komie » sur le modèle du *Kalevala* finnois ou plutôt du *Kalevipoeg* estonien (mais en russe) ;

2 Alexandre Krassoff, *La vie, les mœurs et l'état économique du peuple zyriane...*, Paris, imp. Lemaire, 1900, p. 50, n. 1.

Mikhaïl Lebedev (1877-1951) paraphrase des légendes traditionnelles (*Kört-Ajka, Jag-Mort* etc.) ; Dmitri Popov (1863-1921) publie des poèmes naturalistes ; Veniamin Tchistalov (dit « T'ima Veń », 1890-1939) se distingue comme un brillant versificateur ; Afanassi Maïegov (1893-1942) écrit ses premiers poèmes... Tous puisent leur inspiration dans l'identité nationale komie (nature, traditions, folklore) à des fins généralement esthétiques, parfois satiriques. C'est seulement après la révolution russe qu'est établie la première normalisation de la langue komie (zyriène), en 1918.

La guerre civile et les premières années d'autonomie au sein de la Russie bolchévique sont une période de troubles, mais aussi de grandes espérances. L'heure est à la construction, et chacun apporte une pierre dans la perspective qui lui semble la plus appropriée. La figure centrale de cette époque est celle de Viktor Savine (dit « Ńobdinsa Vittor », 1888-1943), grand organisateur, tant dans le domaine des lettres – où il crée des revues littéraires, une troupe de théâtre etc.– que dans celui de la révolution bolchévique qu'il sert avec le plus grand zèle au sein de la police politique. Jakov a quitté la Russie pour s'installer dans les nouvelles républiques de la Baltique, Mikhaïl Lebedev évolue quant à lui vers des récits plus conformes au réalisme socialiste, tandis que Veniamin et son frère Iona Tchistalov (dit « Žan Morös », 1893-1923) font rayonner la culture komie dans les villages. C'est une ère de messages politiques et de prises de position, où l'on voit se creuser un fossé entre des lignes plus politiques (Ńobdinsa Vittor) et d'autres plus esthétiques (T'ima Veń). En outre, cette époque voit l'arrivée de Vassili Lytkine (dit « Ill'a Vaś », 1895-1981), écrivain et chercheur qui tisse très vite des relations fructueuses avec ses collègues de l'étranger, notamment en Finlande et en Hongrie.

Dans les années 1930, les répressions staliniennes étouffent les premières tendances nationales de la jeune poésie komie et favorisent le développement d'une nouvelle génération dont les sujets et l'esthétique s'orientent vers le patriotisme soviétique. Vassili Elkine (1912-1942) et Vladimir Latkine (1907-1942) chantent la joie de vivre au kolkhoze ; Anani Razmyslov (1915-1943) donne à ces mêmes sentiments une voix plus intimiste, et il traduit de la poésie russe en komi – notamment Pouchkine, Maïakovski et Essénine –, mais adapte aussi magistralement en langue russe les vers de Kouratov.

La Seconde Guerre mondiale va achever de décimer cette jeune génération. Comme on peut le constater à la vue des dates de décès ci-dessus, parmi les poètes qui n'ont pas succombé aux purges des années 1930, nombreux sont ceux qui meurent sur le front. Mikhaïl Lebedev est l'un des rares à traverser ces tumultes jusqu'aux années 1950, mais au prix d'une certaine dépersonnalisation de son écriture. Que ce soit d'abord pour répondre aux exigences de propagande ou, ensuite, pour panser les blessures intimes laissées par la Seconde Guerre mondiale, le particularisme komi s'estompe au profit du patriotisme soviétique et de la résistance à l'Allemagne nazie :

> … En la taïga vrombit sans cesse
> Le bruit joyeux d'un grand travail :
> Le son de la scie électrique
> Murmure du matin au soir.
> […]
> Grâce à un travail inspiré
> Le bonheur vient à notre peuple.
> En réponse aux faiseurs de guerre,
> C'est un gai travail pacifique…
>
> (Lebedev, « Dans notre forêt », 1950)

Le calme revenu après la victoire puis la mort de Staline, Ivan Vaviline (1911-1975), Sérafim Popov (1913-2003) et Fiodor Chtcherbakov (1914-1978) se joignent à leurs jeunes collègues : Alexandre Maltsev (1924-1989), Albert Vaneïev (1933-2001), Guennadi Iouchkov (1932-2009), Vladimir Popov (1934-1995), Iouri Vassioutov (1931-2006)… Puis vient le temps des réhabilitations : en particulier, à partir de 1956, Ilľa Vaś bénéficie d'une « seconde chance » (il avait été déporté dès 1933 à cause de ses relations avec les intellectuels occidentaux), qu'il va consacrer à la langue komie et au développement des études finno-ougriennes.

Le nom d'Albert Vaneïev mérite à plusieurs titres qu'on s'y arrête. Acteur majeur de la vie littéraire de la république dans toute la seconde moitié du XXe siècle, travailleur infatigable, il est non seulement un écrivain fécond mais aussi l'auteur d'un grand nombre de traductions de poètes classiques et contemporains. En particulier, il a su adapter en komi les sonnets classiques de Dante, Michel-Ange, Pétrarque et Shakespeare. Quoi de plus complexe qu'un sonnet ? Quoi de plus prestigieux que Dante ou Shakespeare ? À l'instar de Kouratov, Vaneïev a offert ainsi à la langue komie un nouveau tremplin pour développer ses propres qualités littéraires et pour démontrer sa capacité à dialoguer d'égal à égal avec les piliers du patrimoine culturel européen.

Puis viennent des auteurs comme Alexandra Micharina (1946-2013), Vladimir Timine (1937-2015), Vassili Lodyguine (1947), Viktor Napalkov (1938), Alexandre Nekrassov (1952-2016), Mikhaïl Elkine (1958), Alexandre Loujikov (1964-2006). Dans les années 1990, c'est cette génération qui accompagne la république komie dans le processus de souveraineté de la Russie. Si la langue nationale est devenue minoritaire depuis les années de stalinisme, elle a aujourd'hui un statut officiel qu'elle partage avec le russe (on estime à environ 220 000 le nombre actuel de locuteurs, soit un peu moins que l'islandais mais plus que le féringien, pour citer deux autres langues du nord de l'Europe). Dans les revues et les ouvrages qui paraissent à Syktyvkar depuis les années 1920, tous les genres littéraires sont abordés : poésie, prose courte, romans, théâtre, essais, traductions… à destination de toutes les générations.

Une caractéristique stylistique frappante dans les décennies du XXe siècle est le refus quasiment obsessionnel de tout modernisme (contrairement à la poésie russe) et l'obéissance stricte à des canons classiques. Cela s'explique sans doute en premier lieu par la relative jeunesse de la poésie komie, qui ne faisait que ses premiers pas à une époque de modernisme où les auteurs russes se permettaient déjà des expériences de déconstruction ; mais une autre raison réside souvent

—et de l'aveu même des auteurs— dans la «crainte des influences décadentes de l'Occident». Les impressions qui en ressortent reflètent cette prudence typique des Komis: Finno-Ougriens du Nord, habitués depuis des siècles à une vie exigeante dans une vaste taïga où les humains ne sont pas plus nombreux que les autres animaux, les Komis ont toujours observé un mode de vie humble et vigilant. Les premiers modèles formels sont le vers épique traditionnel et le mètre russe classique. Joint à ces contraintes métriques, le rythme naturel de la langue (accent tonique sur la première syllabe) a tendance à produire un résultat qui rappelle le vers kalévaléen. Peu à peu, on rencontre aujourd'hui un vers libre, plus sensuel et évocateur, mais toujours avec un certain souci de régularité, d'absence d'accrocs —à l'exception de l'accident soigneusement aménagé à des fins rhétoriques ou dramatiques. Nina Obrezkova (1965) et Angelica Elfimova (1970) sont deux figures majeures du début du XXIe siècle. Introduisant des formes souples et innovantes dans le paysage poétique komi, chacune a un style propre et audacieux qui offre à l'introspection des modulations humoristiques ou mélancoliques. De même, Aliona Eltsova (1979) explore avec subtilité la musicalité du vers libre, peut-être dans la lignée de T'ima Veń.

> Un jour, tu rentreras chez toi
> devenu un grand homme...
> Mais veille à ne pas te cogner :
> chez nous les portes sont basses...
> Entrant chez toi, baisse la tête...
>
> (Nina Obrezkova)

La république de Komi fait aujourd'hui partie de ces pays où la poésie est vivante et présente dans l'espace public, grâce à de nombreuses initiatives aussi bien associatives que gouvernementales: bibliothèques nationale et régionales, institutions culturelles, médias, établissements scolaires... Il n'est pas rare de tomber sur des lectures publiques lors de célébrations en tous genres sur la grand-place, ou en plein centre commercial, le dimanche, pendant que l'on va et vient pour faire son shopping en famille. Les jeunes y participent activement, et les médias sociaux constituent un excellent vecteur pour relayer, encourager et alimenter ces manifestations – non seulement en ville et dans les villages komis, mais aussi à distance, en d'autres régions de Russie ou à l'étranger, sur tous les continents. Guidés et encouragés par les aînés, sans conflit intergénérationnel comme c'est le cas dans d'autres contrées (notamment chez les Oudmourtes, pour rester dans l'espace finno-ougrien de Russie), les jeunes poètes continuent de faire évoluer la langue et son pouvoir suggestif dans un pays komi mondialisé : si les influences extérieures paraissent plus que jamais menaçantes pour la vitalité de la langue, les nouveaux outils technologiques offrent en contrepartie des perspectives inédites de visibilité et de diffusion.

Sans précédent en français, cette anthologie apporte à la poésie komie un nouvel élan international, et c'est une chose dont on ne peut que se réjouir. Ni scandinaves, ni slaves, ces voix finno–ougriennes venues d'Europe du Nord ont une histoire unique et une sensibilité qui leur confèrent une juste place dans notre patrimoine collectif. [3]

---

3 Quelques références bibliographiques : *История Коми литературы* (в 3-х т.), Сыктывкар, Коми кн. изд-во., 1979-1981 ; Дёмин В.Н. & Нестерова Н.А. (сост.), *Писатели Коми – Биобиблиографический словарь* (в 2-х т.), Сыктывкар, 1995-2001 ; Федюнева Г.В. (отв. ред.). *Коми язык – Энциклопедия*, Москва, ДиК, 1998 ; Мартынов В.И., «Поэзия» // *Республика Коми – Энциклопедия*, Т. 2, Сыктывкар, Коми кн. изд-во, 1999 ; Кузнецова Т.Л. (науч. рук.), *Писатели Коми – Биобиблиографический словарь* (в 2-х т.), Т. 1, Сыктывкар, Анбур, 2017.

Le premier poète des Komis : Ivan Kouratov (1839-1875)

Yves Avril

« *Тырмас узьны, коми йöзöй!* »
«*Assez dormi, mon peuple komi !* »
Vassili Lytkine

Ivan Kouratov est né le 6 (18) juillet 1839 à Kebra – depuis 1940, Kouratovo (à l'occasion du 100e anniversaire de la naissance) –, district d'Oust-Syssolsk (devenue Syktyvkar, la capitale actuelle de la République des Komis dont une des grandes rues porte, également depuis 1940, son nom), gouvernement de Vologda. Il est le neuvième enfant d'une famille attachée au service de l'Église : le père, Alekseï Petrovitch Kouratov, qui meurt alors qu'Ivan n'a que 6 ans, est diacre, le grand-père est prêtre. La mère, d'origine paysanne, mourra en 1864.

Ivan se prépare à la prêtrise. Il obtient une bourse d'État et en 1850, avec sa mère, se rend à pied, pour y faire ses études, au petit séminaire de Iarensk à 400 km de son village natal. Trois de ses frères, Vonifati, Nikolaï et Afanassi, deviennent prêtres ou diacres. C'est, semble-t-il, son aîné Vassili, traducteur de littérature spirituelle en komi et qui est peut–être vraiment le premier poète en cette langue, qui l'initie à la poésie. Dès 1856, il adopte, pour beaucoup de ses compositions, le pseudonyme de Gougov (komi *гуг* : « l'envers » ou « la partie intérieure » à l'abri du regard) dont il usera jusqu'à la fin de sa vie. Il lit et traduit beaucoup.

En 1854, il termine ses études au petit séminaire et se rend au grand séminaire de Vologda. Il y apprend le latin, le grec, l'allemand et le français.

C'est en 1857 qu'il écrit *Le komi*, qui figure maintenant dans tous les recueils qui lui sont consacrés et qui est le premier poème connu composé pour la défense de la langue komie.

Au printemps 1860, il est autorisé à se présenter à l'examen d'entrée de l'Académie spirituelle de Moscou, mais il y échoue. Il se rend néanmoins en août 1860 à

Moscou, aidé financièrement par ses frères, et y reste jusqu'en avril 1861.

Il revient dans son pays natal où il obtient à Oust-Syssolsk un poste de professeur à l'école paroissiale. Il compose à cette époque des poésies sur l'histoire et les destinées de son pays, sa langue et son histoire. Et dans ses carnets, il note tout ce qui lui paraît intéressant dans différents domaines : littérature, philologie, histoire, philosophie, économie, géographie, folklore. Il a l'ambition de composer un dictionnaire et une grammaire de la langue komie. Il loge pendant cinq ans chez une certaine Ekaterina Alekseïevna Kazarinova, et se lie avec la nièce de celle-ci, Aleksandra Popova, fille d'un pope, orpheline hébergée chez sa tante. Il lui dédiera plusieurs de ses poésies et son départ ne sera pas une totale rupture car elle demeurera pour lui une source d'inspiration.

A-t-il provoqué les soupçons des autorités indisposées par son combat pour la défense de la langue et des traditions komies ainsi que par des propos, des écrits, des enseignements ou simplement certaines attitudes d'un homme qui semble sceptique dans le domaine religieux et plutôt libéral dans le domaine social et politique ? A-t-il vraiment subi les persécutions des gens qu'il cite dans son poème d'adieu à la ville ? En tout cas, le 3 octobre 1865 il doit quitter Oust-Syssolsk et partir pour Kazan où il devient élève des « auditeurs militaires ». Il ne reviendra jamais dans sa patrie et dans sa capitale qu'il quitte avec une certaine amertume.

À Kazan il se lance dans l'étude des langues finno-ougriennes et particulièrement du mari (ou tchérémisse). En 1866, cinq de ses poèmes sont publiés sous le pseudonyme de K., dans *Les nouvelles du gouvernement de Vologda* : *Zon* (« Le garçon »), *Tom nyv* (« La jeune fille », août 1865), *Göl' zon* (« Le pauvre garçon », 1864-1865), *Pörys' mort* (« Le vieillard », 1859), *Ponköd* (« Avec un chien », 1862). Ce sont ses premières publications littéraires et les seules qui parurent de son vivant.

À l'issue de ses études, en novembre 1866, il est affecté à Semipalatinsk (frontière est du Kazakhstan) où il

séjourne jusqu'en novembre 1867, puis gagne Verny (Alma-Ata, aujourd'hui Almaty) où il finira sa vie. Il y est employé par les services de l'administration militaire et s'occupe comme juge d'instruction d'affaires de corruption et d'exploitation de la population. Pendant ces années, son activité littéraire est toujours importante. Non content de composer des poèmes, il traduit Horace, Schiller, Goethe, Heine, Béranger, mais aussi Pouchkine ou Krylov, le poète persan Rudaki et la poésie kirghize.
Il loge alors chez Nadejda Tchoukreïeva (il est soupçonné de concubinage) et emploie tous ses revenus à aider financièrement ses neveux. La malaria et la tuberculose, maladies dont il souffre depuis un certain nombre d'années, ont raison de sa santé. Il meurt le 29 octobre 1875 à Verny.

⋆ ⋆ ⋆

La poésie de Kouratov est bien sûr en grande partie la fille de son temps. Elle fait partie du grand mouvement initié notamment par Gottfried von Herder (1744-1803) avec la publication des *Volkslieder* (1778-1779), des *Stimmen der Völker in Liedern* (1807), qui incita des peuples mal connus ou enfouis dans de puissants ensembles plus ou moins assimilateurs comme la Prusse, l'Empire austro-hongrois, la Russie ou l'Empire ottoman, ou même la France, l'Angleterre ou l'Espagne, à retrouver leurs origines, les fondements de leur être propre et à créer, avant de former des nations, une littérature nationale et parfois une langue littéraire. Ivan Kouratov est le contemporain, pour nous limiter à des exemples pris dans le domaine des langues finno-ougriennes, du Finlandais Lönnrot (1802-1884) et de son *Kalevala* (1836 et 1849), de l'Estonien Kreutzwald (1803-1882) et de son *Kalevipoeg* (1857-1861) ou du Hongrois Vörösmarty (1800-1855) et de sa *Fuite de Zalán* (1825). Ainsi est-il le premier ou parmi les premiers à faire de sa langue maternelle et nationale, le komi, une langue littéraire, qu'il défend avec cœur

en même temps que le peuple qui la parle et n'en connaît pas encore les beautés et la valeur.
La vaste culture d'Ivan Kouratov, ses lectures et traductions et probablement ses fréquentations l'amenaient, dans l'empire des tsars, à épouser des idées libérales. Était-il libre-penseur, athée ? À l'époque soviétique on l'a soutenu. Ses années de séminaire lui ont en tout cas donné une bonne connaissance de la Bible et, quand il parle de Dieu, il le fait sans mépris. Mais nombre de ses poèmes prouvent un anticléricalisme ou au moins une méfiance à l'égard du clergé, assez courants dans l'intelligentsia de l'époque. D'autre part l'amour qu'il éprouve pour son peuple et sa compassion pour la misère qu'il a sous les yeux donnent à certains de ses chants un ton d'amertume, parfois d'indignation ou de colère qui le rapproche de son contemporain Nekrassov. Ce sont peut-être son poème dramatique « Pama » et son poème épique « Iag-Mort », tous deux inachevés, qui justement reprennent des traditions populaires et des légendes de son pays, qui font apparaître ce regard ambigu qu'il porte sur le destin de son peuple. Le « toun » (sorcier ou chaman) Pama, plein d'amertume, essaie de faire comprendre aux autres « touns » ce qu'ont signifié, en bien et en mal, l'arrivée des Russes (appelés ici *miуньяс / tíouns*, « les seigneurs ») et celle de saint Étienne de Permie, l'évangélisateur des Komis au XVe siècle, dont il est dit qu'il a « passé un nouveau lacet au cou du peuple komi » (*Выль лэч / Локтысь Степан коми йӧзлы вайис !*). Mais dans « Iag Mort », il est dit qu'

> Étienne en terre komie
> Apporta un autre dieu. Le meilleur des dieux !
> Nous en avions bon besoin.

L'homme est en tout cas bien présent dans sa poésie, avec sa générosité, sa tendresse, son humour, son mépris des faiseurs, des gens comme-il-faut (*комилфояс*, dit-il !), et aussi ses moments de détresse, pour ne pas dire de désespoir, où le plongent sa vue sans cesse déclinante et les accès de la maladie qui aura raison de lui.

★ ★ ★

C'est le hasard qui fit découvrir à Vizig en 1923 dans un grenier d'une maison appartenant à un prêtre, neveu d'Ivan Kouratov, des manuscrits du poète. On put alors peu à peu les éditer. La première publication en deux tomes, vers et prose, attendit 1939, l'année du centenaire de sa naissance. Depuis, plusieurs anthologies en langue originale ont paru. Nous devons la dernière à Vladimir Timine (2009). Les deux ou trois traductions russes que nous connaissons sont de belles, parfois de très belles infidèles. Nous avons choisi de rester au plus près du texte d'Ivan Kouratov. On ne jugera donc pas de son don poétique sur nos insuffisances. D'autre part, les poèmes n'ayant pas toujours été révisés ni même achevés par l'écrivain, certaines allusions demeurent obscures, on hésite parfois devant le sens de certains passages (voir certains passages de *Iag Mort* ou *Testament de l'aveugle*, VIII). Nous n'avons pas jugé que c'était une raison de les exclure.

Коми кыв

Коми кыв, ме тöда,
Ыджыдтор оз шу на,
Тöда ме и сійö –
Оз и сöр на уна.

Тайö кыв мем дона,
Небыд, мича, гора –
Вунöдас Ен мыжöс,
Кодыр сійöн кора!

Тайö муса кылöн
Чой-вок сёрнитöны,
Тайö кылöн меным
Ай-мам бурсиöны!

Тайö кыв ме кывлі
Аслам люлю дінын,
Сійö менам вунас
Сöмын дзебанінын!

Тайö кывлысь мичсö
Сьöлöмöн ме кылі –
И ме медводз сыöн
Ньöжйöника сьылі…

Тайö кылöн мукöд
Гораджыка сьылас –
Сё кызь сюрс пель сэкі
Уна буртор кылас!

1857

Le komi

Le komi, point ne l'ignore,
ne dit pas de grands mots ;
mensonge et vains propos,
il ne les sait encore.

Cette langue m'est un don,
douce, belle et sonore –
Dieu donnera son pardon
si en ses mots on l'implore.

En cette langue chérie
parlent les frères et sœurs,
en cette langue de douceurs
père et mère m'ont béni !

Cette langue fut chantée
tout près de mon berceau,
elle ne sera oubliée
qu'au fond de mon tombeau !

Cette langue et ses beautés
ont tôt touché mon cœur –
premiers mots que j'ai chantés
dans une douce langueur…

En cette langue bientôt
on chantera bien plus haut,
alors cent vingt mille oreilles
goûteront mieux ses merveilles !

1857

Корысь и кулöм

(Крылов серти)

Пыдi юö бедьсö корысь шыбитiс.
«Тэын абу талан! – лёкöн горöктiс: –
Кулöм! Ви тэ менö; шоглы пом кöть ваян!»
Мый нö? Кулöм эз вöв кöнкö саридз сайын,
Регыд бара мыччис ассьыс мисьтöм бан.
«Тэ тай, муса вокöй, – корысь шуис, – тан.
Гаралi дзик тэнö, юас беддьöй усис,
Вартчыв ен могысь тэ, вай мем сiйöс юсьыс!»

1857

LE PAUVRE ET LA MORT

(d'après Krylov)

Un Pauvre lança son bâton au fond d'une rivière.
«Ton destin est clos ! clamait-il de tout son cœur,
Ô Mort ! Tue-moi ; mets fin à mon malheur.»
La Mort n'était pas loin, par-delà les mers.
Bien vite elle approche, elle et son hideux visage.
« Bonjour, chère Sœur, dit le Pauvre. Je t'ai appelée,
car mon bâton au fond de la rivière est tombé.
Plonge me le chercher, et mets-le sur le rivage. »

1857

«Кор ме тэкӧд войын…»

Кор ме тэкӧд войын вежсим окасьӧмӧн,
Эз некод аддзыв меліасьӧмӧс…
Кодзувъяс енвевтын тіркӧдчисны сӧмын,
Но эз повзьӧд кодзув чукӧр миянӧс.

Со енвевтсянь югыд кодзув мулань лыйис
И ми вылӧ саридзлы сэк висьталіс,
А лӧз саридз быдсӧнлы нин вашкӧдіс:
Пелыссяньыс тӧдіс тайӧс чери кыйысь.

Чери кыйысь сьыліс мусаыслы нин
Войшӧр война миян меліасьӧм йылысь,
Нылa-зонъяс велӧдчисны сьылан сылысь,
Сьылӧны пыр карьясын и грездъясын!

1859

«Quand au cœur de la nuit…»

Quand au cœur de la nuit échangions des baisers,
nulle âme n'était là pour épier nos caresses;
seules étincelaient étoiles par milliers,
nulle d'entre elles ne troublait nos tendresses.

C'est alors que du ciel une étoile tomba,
à la mer elle conta l'ardeur de nos flammes,
et la mer azurée à tous le rapporta;
et le pêcheur dans sa barque le sut de ses rames.

Et pour sa bien-aimée le pêcheur fit un chant
qui chantait nos amours sur un air bien touchant;
ont appris sa chanson les garçons et les filles
et la chantent toujours dans les bourgs et les villes.

1859

Пыж

Визув ю паныд ме ката,
Омӧля тай сӧмын катсьӧ;
Сына, сына, а ог вӧрзьы –
Эг-ӧ сибды нин ме татчӧ?

Ва дорас со тӧдчӧ понӧль,
Сійӧ весьтын важӧн тӧдчӧ;
Сына, сына… Гашкӧ, кульпу
Сійӧ менам бӧрӧд вӧтчӧ?

Сынӧпта жӧ, сынӧпта ме!
Пыжӧй вӧрзис, пыжӧй кайӧ
Гыяс вылысь гыяс вылӧ –
Ӧні пасӧй коляс сайӧ!

Сынӧпта жӧ, сынӧпта ме!
А кор шуалі ме тайӧс,
Визув ю вылын нин бара
Ачым коли понӧль саяс.

Ой, ой, важинсьыс тай пыжӧй
Абу вӧрзьывлӧм на-й ӧні;
Сӧмын гыяс выльысь-выльӧ
Дзибыр улын вежласьӧны!

1860, Москва

La barque

Je lutte contre le courant,
que j'ai de peine à avancer !
je rame et rame, mais sans bouger.
Vais-je donc ici m'enliser ?

Au bord de l'eau voici un sapin,
longtemps il reste à ma hauteur
Je rame et rame… Mais il semble
Que l'arbre damné court après moi.

Je rame et je rame toujours !
La barque a bougé, elle monte
et descend de vague en vague –
Voici mon repère dépassé.

Je rame et je rame toujours !
Le temps de le dire,
et sur le fleuve torrentueux
me voici en aval du sapin.

Oh je le vois bien,
ma barque n'a pas bougé ;
seules les vagues encore et toujours
sous la coque qui tangue ont changé.

1860, Moscou

«Кодыр Библия ме лыдди…»

Кодыр Библия ме лыдди,
Сюртӧм дявӧл ангел пыдди
Орччӧн мекӧд пукалігӧн
Сераліс пыр ньӧжйӧникӧн.

Кор роман Гюголысь лыдди,
Мича ангел дявӧл пыдди
Орччӧн мекӧд пукалігӧн
Ышлолаліс ньӧжйӧникӧн.

Ме Organum Novum босьті,
Сійӧс паськыда ме восьті –
Найӧ сыӧ видзӧдлісны
И кыкнанныс ылӧдсисны.

1860, Москва

«Je lisais la Bible… »

Un jour que je lisais la Bible,
un diable sans cornes, non un ange,
à mes côtés prit place,
riant longtemps et doucement.

Je lisais un roman de Hugo,
un bel ange, non un diable,
à mes côtés prit place,
soupirant doucement.

Je pris le *Novum Organum*
et l'ouvris largement –
un regard ils lui jetèrent
et tous deux s'éclipsèrent.

1860, Moscou

«Йӧз дiнын ме олi…»

Йӧз дiнын ме олi,
Да кыдз тыртӧминын,
Ачымӧс ме аддзи
Ӧткаӧн йӧз дiнын.

Синъяс водзын войтыр
Лоис ветлысь шойяс…
Ловъя мортӧс корсиг
Эг узь ме кузь войяс!

Дыр ме корси зiля:
Воисны сэк паныд
Синъяслы тэ синъяс,
Долыд еджыд баныд.

Шоналiс пыр сьӧлӧм
Синъяс югӧръяссьыд –
И ме шуи аслым:
«Шудтӧ аддзин ассьыд!»

Кыдз мем муса, мича
Тыдовтчин сэк, чойӧ!
Мый оз сетны медводз,
Быдтор тшыг гӧсть сёйӧ!

Ошкыны ме кузя
Ог нин ошкы тэнӧ;
Бур тэ, абу мисьтӧм,
Рам да-й ставыд сэнi!

«*Au cœur du monde je vivais…*»

Au cœur du monde je vivais,
et comme en un désert
moi-même je me sentais
bien seul au cœur du monde.

Sous mes yeux un peuple errait,
c'était un peuple de morts…
cherchant des êtres vivants,
j'ai veillé de longues nuits.

Bien longtemps j'ai cherché :
en vain. Mes yeux alors
ont rencontré tes yeux,
ton visage joyeux et clair.

Le cœur toujours réchauffé
aux rayons de ton regard –
je me suis dit alors :
« Tu as vu ton bonheur ! »

Si douce et si belle, ma sœur
tu parus alors à mes yeux !
L'hôte affamé trouvant pâture,
dévore tout sans rien laisser !

Chanter plus longtemps tes mérites,
te louer, je ne puis plus ;
tu es bonne et sans méchanceté,
douce – n'en parlons plus.

Мукöддырйи мывкыд
Тэнад дзугыльмöдö;
Мукöддырйи сёрни
Тэнад унмовськöдö!

Кöні сійö, кодöс
Аддзыны ме кöсйи?
Кöні лолöс лэптысь,
Кодöс аслым вöзйи?

Кöні, кöні, кöні? –
Да тэ эн зэв повзьы!..
Тэысь кындзи, сисьйöг,
Некод мем оз ковзьы!

Му тай абу енвевт;
Абу ангелъяс сэн;
Ен кö сиас, тэкöд
Лоам шудаясöн!

Вежöраöсь, муса
Морта-мортлы лоам;
Ен кö сиас, тадзи
Ангелъясöдз воам!

1860

Souvent ton bon sens
est affligeant,
Et tes propos souvent
sont endormants !

Où est-elle, où donc est-elle
celle que je voulais voir,
qui devait élever mon âme,
celle dont je rêvais ?

Oui, où donc est-elle ?
Mais toi ne crains point !
En dehors de toi, ma colombe,
de personne je n'ai besoin.

La terre n'est point le ciel ;
il n'y a pas d'anges ici-bas ;
et, si Dieu veut, avec toi
nous serons si heureux !

Raisonnables et tendres
l'un pour l'autre nous serons.
Ainsi, si Dieu le veut,
ainsi nous égalerons les anges !

1860

«Сьылан менам, сьылан…»

Сьылан менам, сьылан,
Мича авъя пиӧ!
Долыда ме тэнӧ
Босьтлі мелі киӧ.

Сьӧлӧм шӧрын кӧсйи
Тэнӧ быдтыны ме;
Со тай быдтор ми сідз
Вӧчны кӧсйысьлімӧ!

Уна на тэд колӧ,
Мый эг сетны эшты,
Сӧмын олӧмтӧ тай
Вунӧдӧмысь вешті.

Кытчӧ тэнӧ лэдза?
Кодкӧ босьтас-ӧ мӧд?
Тыдовтчас бур йӧзлы,
Кыдзи мыччысьӧмыд?

Еннога поп лёка
Видзӧдлас тэ вылӧ;
Уна тӧдысь-кужысь
Сералӧ нин, кылӧ…

Крестьянин оз идрав
Лолас тэнӧ, пиӧ;
Вӧтасьӧ вот йылысь
Лун-вой коньӧр сійӧ!

«Ma chanson, ô mon chant… »

Ma chanson, ô mon chant,
je t'ai saisi, plein d'allégresse,
modeste et bel enfant,
dans mes mains de tendresse.

Au cœur de mon cœur
c'était notre désir
de te donner demeure,
de te voir t'accomplir.

Beaucoup te manque encore,
car ce n'est que ta vie
que j'ai pu faire éclore,
et tirer de l'oubli.

Qui d'autre va te saisir ?
Où te lancer maintenant ?
Pour vouloir t'accueillir,
trouveras-tu bonnes gens ?

Sur toi le prêtre plein de zèle
jette un regard méfiant,
et l'érudit dans sa chapelle
parle de toi, mais en souriant…

En l'âme du paysan
c'est l'impôt, jour et nuit,
qui harcèle. Mon enfant,
ta place n'est point chez lui !

Вӧччӧдас код тэнӧ?
Код ордӧ тэ мунан?
Петлӧ! Он на вош тэ!
Вунӧдiм ми уна!

Велӧдчӧ со кориг
Айтӧм пӧнӧмар пи,
Ывлаын со кӧмтӧм
Чеччалӧ тай Карпӧ…

Кодкӧ найӧ костысь
Быдтас сьӧлӧм вылас
Мелi, ме моза
Тэнӧ нора сьылас!

Уна тӧдысьясӧс
Найӧ шензьӧдасны,
Тэнӧ, коми сьылан,
Ылын нимӧдасны!

1860

Vers qui t'en iras-tu ?
Qui saura te parer ?
Non, tu n'es pas perdu !
Vois tous ces oubliés !

Le mendiant qui s'évertue –
Le petit sacristain sans famille,
dehors, les pieds nus,
c'est Polycarpe qui sautille…

Grâce à eux quelque jour
un cœur t'accueillera,
comme moi, avec amour,
doucement te chantera.

Ils seront bien surpris,
les gens de grande science,
quand le chant des Komis
au loin verra sa renaissance.

1860

Грездса ныв карса баринлы

Мый тэ ме вылӧ сідз воан,
Мича барин – сьӧлӧмшӧр?
Весьшӧрӧ тай нюмыд петӧ,
А ме ас пиӧ ог тӧр…
Эн тэ видзӧд меным синмӧ,
Эн тэ чабрав киӧс мем,
Он тэ окышт парйӧс менсьым,
Морӧсӧс он малышт нэм!

Ышмин, кокньыд барин, ышмин!
Вешйы сэтшӧм сёрнинад…
Мем-ӧ овны сэні карын,
Мем-ӧ югыд жыръясад
Вежнясьны да ручкуасьны?
Мем оз лӧсяв кринолин,
Шыльыд джодж вылан ме вильда,
Эзысь кизьыд ёрас син…

Сэні вежсян, роч кодь лоан!
Кодкӧд меным рочасьны?
Вывті мича тэ, ме ог лысьт
Тэнсьыд сьылі сывъявны…
Зарни! Корсь тэ ассьыд пӧвтӧ;
Тэ понда, дерт, оз узь мӧд…
Абу менам тэ: оз воны
Паныд тӧлысь шондікӧд.

Видлы, шуан, карлысь корсӧ;
Оз кӧ сьӧлӧм вылам во,
Бӧр мед муна муса грездӧ;

LA JEUNE VILLAGEOISE
AU MONSIEUR DE LA VILLE

Que veux-tu donc de moi,
Beau monsieur – petit cœur ?
En vain tu fais voir ton sourire
Qui ne peut trouver place chez moi…
Ne me regarde pas dans les yeux,
Ne me presse pas la main.
Non, tu ne prendras pas mes lèvres,
De la vie ne caresseras mes seins.

Tu gamines, petit monsieur, tu gamines !
Va-t'en toi et tes belles paroles…
Que ferai-je là-bas, à la ville,
Pourquoi irai-je dans tes salles brillantes
Me dandiner et faire la mijaurée ?
Ne me siéraient tes crinolines,
Sur tes planchers polis je glisserais
Tes boutons d'argent m'aveugleraient…

« Là-bas, tu changeras, tu seras comme une Russe ! »
Avec qui devrai-je russiser ?
Tu es trop beau monsieur, je n'ose pas
Me suspendre à ton cou.
Mon trésor ! Cherche-toi une bonne amie,
Pour toi, c'est sûr, une autre perd le sommeil…
Non, tu n'es pas pour moi : jamais
La lune ne rencontre le soleil.

« Tâte un peu, dis-tu, de la ville. »
Si elle ne me plaît pas,
Je retrouverai mon cher village.

Некод кутысь сэк оз ло?
Тэ тай ышмин кага моза;
Ачыд барин да он куж
Кыв джын шуны грездса йöзлы…
Мун син водзысь, дявöлвуж!

Арталан-ö тэ, мый менам
Абу дасьтöм грездса зон?
Сійö мича, сійö мелі,
Сійö мездас менö, ён!
Мездас тіян вокысь, сöмын
Шуны кыв… Ой, бöб морт, пов!
Сыысь окала ме сійöс,
Сыысь пукта сылы лов!

1862, Сыктывдін

N'y aura-t-il personne pour me retenir?
Vraiment tes mots sont d'un enfant:
Tu es un monsieur, aux gens du village
Tu ne sais dire la moitié d'un mot…
Ôte-toi de ma vue, vieux démon!…

Penses-tu qu'il n'y ait pas au village
Un bon gars fait pour moi?
Il est beau, il est tendre,
Et il me défendra, fort comme il est!
Il me défendra de vos frères: un mot,
Un seul, à dire… oh! pauvre sot, tremble!
Pour cela, je baise ses lèvres,
Pour cela, je lui donne ma vie!

1862, Oust-Syssolsk

«Кыдз быд морт, вӧлі ме поэтӧн…»

(Гугов тетрадысь)

Кыдз быд морт, вӧлі поэтӧн,
Кор дас вит арӧс тырис мем;
Сэк лои мывкыдджык, а сэтӧн
Поэтлӧн овсис дженьыд нэм.
Кызь арӧсӧн ме пыр на сьылі,
Да мӧд гор сэк нин лолысь кылі.
Дыш бордйысь рифма оз нин чуж,
Ме вунӧдчыны ог нин куж…
Ог пыр кут чорыд кылысь асӧс
И торкла долыд сьылысьясӧс.

1862

«Comme tout homme, je fus poète... »

(cahiers de Gougov)

Comme tout homme un peu honnête,
À quinze ans je fus poète;
Puis me vint la raison: ainsi finit
ma courte vie en poésie.
Quand j'eus vingt ans, je chantais encore:
C'est un autre son que j'entendais alors.
La rime ne vient plus à ma plume frivole,
Je ne sais plus chanter en liberté,
Je ne m'interdis plus la vulgarité,
Aux chanteurs pleins de joie je coupe la parole.

1862

Матысса колян лун и матысса воан лун

Колӧ шуны веськыда.

Да!

Мывкыдтӧма вина юлі,

Пеж пар… вывті нюлі;

Видзчысьтӧг ме томлунлысь

Домсӧ лэдзлі киясысь.

Пыркӧдіс жӧ менсьым дурӧс!

Гылӧді жӧ мыйкӧ бурӧс!

Колӧ шуны веськыда.

Да!

Кытчӧсюрӧ новлі эбӧс…

Со и томлун регыд лэбас

Томлунавны мукӧдкӧд.

Сыкӧд овны кужас мӧд,

Видзас сійӧс этшаникӧн,

Матыника ылавлігӧн…

Колӧ шуны веськыда.

Да!

Чайтас Ен: морт меысь петас

И мем бур талант тай сетас –

Бара абу веськалӧм!

Весьшӧрӧ Ен виччысьлӧм –

Быдса войтырысь оз петны,

Кодлы мывкыд уджсӧ сетны!

Колӧ шуны веськыда.

Да!

Мый ме эльтча? Эг на быр ме;

Hier et demain

Il faut parler franchement.
Vraiment !
J'ai bu du vin sans mesure,
À l'excès baisé lèvres impures
Et j'ai dans ma faiblesse
Lâché les rênes à ma jeunesse.
Souvent je me suis mal conduit,
Les bonnes actions je les ai fuies !

Il faut parler franchement.
Vraiment !
La jeunesse bientôt s'envolera
À un autre elle passera,
Qui avec elle saura vivre,
Et mon exemple ne pas suivre,
Il pourra la préserver
S'il sait des excès se garder…

Il faut parler franchement.
Vraiment !
Dieu pense : « Un homme de moi sortira
Qui de beaux talents me rendra ».
Dieu a perdu sa peine,
L'attente a été vaine –
Les hommes ne sont pas tous capables
D'accomplir tâches raisonnables !

Il faut parler franchement.
Vraiment !
Pourquoi gémir ? Ma vie n'est pas finie…

Садьсявны вын зэв на тырмӧ!
Сӧмын, Енмӧй, Енмӧй, нэм
Гырысь удж эн сет тэ мем!
Ичӧт буръяс миян лунӧ
Колӧджык тай вӧчны уна!

Колӧ шуны веськыда.
Да!
Оз зэв тэрмась, мед не мудзны.
Судзӧда, мый позьӧ судзны.
Велӧдны тай поньыдджык
Коми йӧзӧс ньӧжйӧник
Лыддьысьны да гижны рама
Аслым сеті ме программа.

1864

Réveillons-nous ! J'ai assez d'énergie.
Mais, mon Dieu, si m'en croyez,
De grands travaux, jamais ne me confiez !
Mais les petites tâches, pour chaque jour,
Je les ferai, et chacune à son tour.

Il faut parler franchement.
Vraiment !
Sans me presser, sans m'épuiser.
Ce qu'on peut faire je le ferai.
Apprendre patiemment
Au peuple komi, modestement,
Peu à peu, à lire et à écrire :
Programme à suivre, et sans faiblir.

1864

1865 ВО ПЕТIГÖН

(Туговлöн)

Мун, лёк во, мун! Ме аддзи сöмын
Ас шудшöн дженьыд мусалöмын:
Тэ виин муса мортöс… Со
Мем бара кысь? Мун, мун, лёк во!

Ог видз нин мамöс… Дінсьыс чукті…
Тэ эн тай мамöс пыдди пукты,
Код тэысь сизимдас вит во
Водз оліс! Ачыд нинöм ло!

Тэ кыскин менсьым кокъяс улысь
Ас муöс. Ылалі… Кыдз кулысь
Ме эськö, мöдногöн, эг ло
Ас войтырлы. Мун, мун, лёк во!

Au seuil de l'année 1865

(cahiers de Gougov)

Va-t'en, année maudite, où je n'ai vu
Que l'amertume d'un amour éphémère,
Et par toi le meurtre d'un être cher… Si bien
Qu'il ne me reste rien. Va-t'en, maudite année !

Je n'ai plus de mère… On me l'a arrachée…
Tu n'as pas respecté une femme
De soixante et quinze ans plus âgée
Que toi. Tu peux retourner au néant.

Tu as ôté de sous mes pieds
Ma propre terre. Je suis perdu…
Pour mon peuple je ne puis être
Qu'un mourant. Va-t'en, maudite année.

Коми бал

Со кӧн балыс вӧлӧм!
Танi абу ӧлӧм
Нинӧкодлы лоны –
Мыйла нӧ не воны!
Татӧн бydся пырысь
Пыдди пуктӧм, гырысь.
Гашкӧ кодкӧ повзяс
Шунысӧ мый ковзяс…
Кӧсъяс, кага бӧрддзас,
Мам кӧть кулак гӧрддзас!
Паччӧр-пӧлать вылын
Труба сайын ылын
Быдсӧ гӧстьяс миян!
Джаджъяс вывсянь пиян
Ошӧдӧмны кокъяс!
Джоджным векньыд, вокъяс,
Сьылысь-йӧктысьяслы.
Кӧтшасны тай – часлы –
Мед на гажа вӧлӧм.
Томмӧм пӧрысь сьӧлӧм.
Юис – мый кӧть вӧчӧ –
Куим румка пӧчӧ.
Колан вынсӧ ӧктӧ.
Аддзиг йӧктӧм, йӧктӧ
Кокнас гусьӧникӧн
Рама пукалiгӧн…
Эдз сэн шогасясны!
Кодыр нюжӧдчасны
Том йӧз сера гезйӧн,

Un bal en pays komi

Voici qu'un bal on a donné
Nul n'en est écarté
Tous y sont conviés,
Pourquoi n'y point aller ?
On y reçoit qui se présente
Avec respect et sans contrainte,
Et même le timide
Qui n'ose point parler.
L'enfant peut bien pleurer,
Malgré maman qui le menace !
Sur les planches du poêle
Derrière la cheminée,
Ils sont tous là, nos hôtes !
Bien assis les garçons,
Les jambes pendantes.
Peu de place, mes frères,
Pour la danse et le chant !
Tout au fond – regardez –
On voit la joie régner.
Le vieux a le cœur jeune.
La vieille a bu – qu'y faire ! –
Deux trois petits verres.
Il faut bien reprendre forces.
Voyant danser, elle danse,
Agitant doucement les jambes,
Bien assise sur son banc…
Et tristesse de s'éloigner !
Voici les jeunes qui s'étirent
En une file bigarrée,

Кодыр чераньвезйӧн
Найӧ гартчыласны,
Кодыр разӧдчасны
Торйӧн, кодыр кинас
Морта-мортсӧ дiнас
Матӧ кыскавласны-с…
А ӧд некор асьныс
Оз и торксьывлыны-с!
Син куньӧмкост шыныс
Ӧвсьылiс… Мый лоис?
Нем! Зон гӧгӧрвоис,
Нывлысь чужӧм тупкис
Юрсинас – и чупкис…
Сiйӧн тӧдан пӧтсис –
Да и бара ӧддзис!..
Чӧскӧдiсны вомсӧ,
Бара виччысь помсӧ!
Йӧктӧм, шутёв, сьылӧм!..
Сёрни гашкӧ кылам!
Кысь бара! А пӧчӧ:
«Тi кӧть мый сэн вӧчӧ:
Вина этша шонтiс», –
Сьывны-й ачыс пондiс!
Сӧмын нора горӧн
Артмис тай – и шорӧн
Визыв синва сылӧн
Мунӧ пидзӧс вылын…
Шмыннялӧ пӧль, шуӧ:
«Мыйла нӧ он нуӧ
Йӧктыны тшӧтш мортсӧ?
Ичмонь колис ортсӧ,
Кыдз оз эльтчы, пиӧ?
Со ӧд кутшӧм сiйӧ!»
А пӧч олӧ-вылӧ,
Водзӧ бӧрдiг сьылӧ…

1865

Ils se tissent et s'entrelacent
Comme une toile d'araignée,
Puis se séparent et rompent
La chaîne : de leurs mains
Ils se prennent
Et s'attirent...
Sans jamais se tromper,
Sans que le rythme soit brisé.
Soudain le bruit
S'apaise... Qu'est-il arrivé ?
Rien ! Un gars a saisi une fille
Il enfouit dans ses boucles
Son visage : il a plaqué
Un baiser... et, tout content,
Vite s'en est allé !...
En leur bouche quelle saveur,
Vite que cet instant revienne !
On danse, on siffle, on chante !...
Entend-on les propos ?
Point ! Et la vieille de dire :
« Vous avez beau faire,
Le vin est là pour réchauffer »,
Et de se mettre à chanter.
Mais il n'en sort hélas
Qu'une maigre et triste plainte :
En flots coulent ses larmes
Et tombent en son giron...
Sourit le vieux et dit :
« Pourquoi ne pas inviter
Cette dame à danser avec vous ?
La jeunette est restée à l'écart,
D'où son chagrin, mon gars.
Voilà comme elle est ».
Et la vieille comme elle peut
À son chant mêle ses larmes.

1865

Том ныв

(Александра Ив. Поповалы)

Шондiбанöй,
Бур таланöй,
Муса, мича ныв!
Ошкöм öкты,
Зон моз йöкты,
Вильшась, серав, сьыв!

Юрас думсö,
Вомас юмсö,
Петкöд том мортлысь!
Мед тэ бöрысь
Гажмас пöрысь,
Сьöлöм гажöдысь!

Югыд шондi!
Долöд, шонды
Став енвевтувсö!
Мича нылö!
Мыччыв милы
Кокньыд олöмсö!

Август 1865

La jeune fille

(à Aleksandra Ivanovna Popova)

Petit soleil,
ma bonne étoile,
belle et tendre fille !
reçois nos compliments,
danse comme un bon gars,
badine, ris, chante !

Au jeune homme
donne l'esprit,
sur sa bouche mets le sourire.
Qu'à ta suite
se réjouisse le vieillard,
dans la joie de son cœur !

Clair soleil !
Réjouis, réchauffe
tout ce qui est sous le ciel !
Jolie fille !
Que par toi
la vie nous soit légère !

août 1865

Гöстъкöд

Лок жö, лок, бур гöсть!
Видлы менсьым керка-карта.
Со тэд сур доз, вина-парта,
Чериняньöй пöсь…
Лок жö, лок, бур гöсть!

Пуксьылам кык вок.
Медводз ачым видла-юа,
Пув ваöн ог юктöд, шуа…
Мычччылі туй, лок…
Пуксьылам кык вок.

Нуръясь, ю, бур морт!
Яран моз ми огö юö;
Коми пыр нин юрсö нуö,
Тöдö удж и горт…
Нуръясь, ю, бур морт!

Лючки сёрнитам;
Сэсся бара юам. Сідз-ö?
Кыдз нин Катьöтö Ен видзö?
Шедысьджык нин, рам?
Лючки сёрнитам!

Кöсйи коравны,
Да тэ панйин вайны сійöс.
Öні ныв вылад нин пиöс
Колö гöтравны,
Кöсья коравны!

Avec un hôte

Viens, viens donc, cher hôte,
Goûter les douceurs de ma maison,
Voici vodka, chope de bière,
Et, servi chaud, ce pâté de poisson…
Viens, viens donc, cher hôte !

Asseyons-nous comme deux frères.
D'abord je vais tâter de la boisson,
Sans t'abreuver de jus de fraises…
J'ai montré le chemin, viens, buvons…
Asseyons-nous comme deux frères.

Mange et bois, mon brave homme !
À la nenets nous ne boirons ;
Un Komi toujours garde sa tête,
Connaît le travail et la maison.
Mange et bois, mon brave homme !

Causons donc en bonne entente ;
Puis nous prendrons une autre bière.
Dieu veille-t-il sur la Katia ?
Est-elle plus maniable, moins fière ?
Causons donc en bonne entente.

Je voulais demander sa main,
Mais c'est toi qui l'as épousée.
Et aujourd'hui à ta fille
Mon garçon il faut marier.
Je veux demander sa main !

Кисьты чукйӧн, вок!
Миян томлун кольӧм ылӧ;
Гӧтыръяс нин этша, кылӧ,
Пиньтӧммӧмны… ок!
Кисьты чукйӧн, вок!

Мыйкӧ шогасьлім!
Том дырйиныс менам Анӧ,
Тэнад Катьӧ… Шонідбанӧй!
Мыйкӧ гоньявлім,
Мыйкӧ шогасьлім!

Муніс миян нэм!
Мед ас пайсӧ мукӧд олас!
Олас мед да лёкысь полас!
Вокӧ, сійӧ-й эм!
Муніс миян нэм!

Енмыс мед оз вун!
Гӧртӧгыс мед оз коль мусӧ,
Юысьлысь мед оз босьт русӧ,
Шыщӧн мед оз мун…
Енмыс мед оз вун!

Квайт лун удж, бур гӧсть!
Сизимӧдас этша юам.
«Быд йӧз лоасны мед, шуам,
Бурӧсь, авъяӧсь!»
Юыштам, бур гӧсть!

1865-1866, Сыктывдін

Verse à plein bord, frère !
Notre jeunesse s'en est allée ;
Nos épouses voient, dit-on,
Déjà leurs dents tomber.
Verse à plein bord, frère !

Nous avons connu le malheur !
Mon Ania… dans leur jeunesse…
Ta Katia… Les chères petites !
Dans notre vie que de détresses,
Nous avons connu le malheur !

Elle s'en est allée, notre vie !
À un autre de vivre son temps !
Qu'il vive donc, fuyant le mal !
Oui, frère, il est là qui attend !
Elle s'en est allée, notre vie !

Qu'il n'oublie pas le Bon Dieu !
Qu'il ne laisse rien en jachère,
Et n'abuse pas de la boisson,
Qu'il évite les traîne-misère…
Qu'il n'oublie pas le Bon Dieu !

Travaille six jours, mon cher hôte !
Le septième je boirai un peu,
Je dis : « Que tous les hommes
Soient bons et sérieux ! »
Buvons donc un coup, cher hôte !

1865-1866, Oust-Syssolsk

Устьсысольск

(По русски)

Город пошлый, город грязный!
Заместил твои концы
Сброд какой то безобразный,
Подлецы все да глупцы!

Из грязи без сквернословья
Ног не вынешь! Пять домов,
Храм один, а все сословья
Ходят в 20 кабаков!

Не дотронешься рукою,
Словно ты харчок, нечист;
Над большою над рекою
Стал ты мал и неказист!

На твоих домах старинных
Гриб растёт, и шаг так скользк
На мостках твоих бесчинных…
Это – баба Устьсысольск!

Кто имеет лоб свой уже,
Чем Левицкий, дух подлей?
Кто растёт его не хуже,
Кто не лучше бьёт людей?

Кто болван сожмёт в охапке
Брюхо Борьки? Кто наглец
Пред Епальским станет в шапке,
Не краснея наконец?

Oust-Syssolsk

(traduit du russe)

Ville vulgaire, ville de boue !
Te voici envahie
Par une ignoble racaille
D'imbéciles et de gredins !

De ta boue sans jurons obscènes
Comment dégager son pied ? Cinq maisons,
Une église, mais vingt cabarets
Que hante un peuple unanime !

On ne peut te toucher de la main,
Vieille malpropre soularde ;
Dominant le fleuve, le fleuve immense,
Tu t'es plantée mesquine, informe !

Dans tes maisons vieillottes
Pousse le champignon, et le pas glisse
Sur tes ponts indécents…
Voilà Oust-Syssolsk, la vieillarde !

Qui a le front plus étroit
Que Levitski, l'esprit plus vil ?
Qui fera carrière plus belle,
Qui saura mieux frapper les gens ?

Quelle andouille fera le tour
De la bedaine de Borka ? Quel insolent
Devant Epalski gardera son chapeau,
Sans finir par rougir ?

Ты не гнул воловьей шеи
Пред наукой и умом,
Строил им всегда траншеи,
Скотским их давил ярмом!

Ты, уж всем известно, сплетник
Препрославенный!
Будь Директор иль Советник
Неотставленный.

Как собака ты порою
В ноги кинешься,
А добряки, так уж лисою
К ним придвинешься…

Погрязай в рутине вечной,
Город сплетен и клевет!
Град пустынный, град увечный,
Град – презрения предмет!

Сентябрь 19, 1865

Tu n'as pas plié ta nuque bovine
Devant la science et l'esprit,
Leur ménageant des chausse-trapes,
Leur imposant le joug du bétail !

Toi, c'est bien connu, de tous les potiniers,
Tu es l'illustrissime !
Que tu sois Directeur ou Conseiller
Non révoqué.

Comme un chien par moments
Tu te jettes dans nos jambes,
Mais chez les braves gens, renard,
Tu sais te faufiler…

Croupis dans ta boue, ta routine éternelle,
Ville de cancans et de calomnies !
Ville déserte, ville bancale,
Ville qui n'a droit qu'au mépris !

19 septembre 1865

Прощанье

Еще недавно я бранил
Родной свой город, говорил:
«Отсюда вынесете ль, черти,
Меня до нежеланной смерти?»
Но обошлося без чертей,
Приказ дан выехать скорей.
Да что так скоро? Может статься,
Мне кой с кем надо распрощаться.
Один, другой, десятый тут
Мне в голову сейчас идут.
Неужли с ними навсегда я
Прощаюсь ныне уезжая?
Мне дорог день, мне дорог час,
Друзья, когда я вижу вас!
Врагов, и тех уж почему-то
Мне стало жаль покинуть круто…
Их не увижу боле я!
А ты, зыряночка моя!
Неужели горем пораженный
Я буду только в грёзе сонной
Твой образ видеть? Так угас
Мой день! Будь проклят ты, приказ!

Устьсысольск, октябрь 3. 1865

Adieu

Naguère encore je maudissais
Ma ville natale, et je disais :
« Emportez-moi d'ici, démons,
Vers une mort inespérée ? »
Mais, nul besoin des démons,
Ordre m'est donné de déguerpir.
Pourquoi si vite ? On peut pourtant,
Il le faut, prendre congé de tel ou tel.
Mais dix autres amis bien vite
Me viennent en tête.
Est-il possible de leur dire adieu
Pour toujours et partir aussitôt ?
Le jour m'est cher et l'heure m'est chère,
Amis, où je vous vois !
Même mes ennemis, ne sais pourquoi,
J'ai peine à les quitter si brusquement…
Je ne les verrai plus !
Et toi, ma petite Zyriène,
Se peut-il, terrassé par le chagrin,
Qu'en songe seulement désormais
Je puisse voir ton image ? Ainsi s'est close
Ma journée ! Va au diable, ordre maudit !

Oust-Syssolsk, 3 octobre 1865

Самсон

(Тэннисон серти)

Кодыр кывласны, мый воштöм вынсö,
Перъяласны сылысь кыкнан синсö,
Сэсся вайöдасны серам вылö…
Зэв öд сійö долыд! Серам кылö
Ылö!

«Войтыр, öвсьылö! Та сутш ме ён на!»
Синтöмыс – и вöрзьöдас колонна…
Кыдзи тöввывса бадь недыр вöрас,
Став палатаыс колонна бöрас
Пöрас.

Видзсиг пырöдчö нывмамыс сайö,
Пызан улö князь… Эз дыр вöв тайö:
Би и сцена веттъысисны бусöн,
Морт ловъясысь колис öти ру сэн!..

Сідз пöсь изъяс костас олöм сылас,
Морт лы чегъясяс сэн, крачкакылас,
Пыктöм кывнас быд ас вирсö нюлас,
Да Самсон и ачыс изъяс улас
Кулас.

Сэксянь, чайтсьö, пыр на лëк горш ылö
Сы руина улысь öнöдз кылö:
«Туй талантaлы! Мед водзö мöдö!
Сійöс шог вылад эн синтöммöдö!
Тодö!»

1865, Межадор

Samson

(d'après Tennyson)

Le bruit court qu'il a perdu sa force,
alors on lui crève les deux yeux,
puis on le tourne en dérision… Tous
à ses tourments par des rires répondent
à la ronde !

« Patience, bonnes gens ! car je suis encore fort ! »
dit l'aveugle – et il ébranle les colonnes…
Comme le saule secoué et tordu par le vent,
colonnes et palais, tout ensemble s'éboule
et s'écroule.

Cherchant abri la fille se serre contre sa mère,
sous la table plonge le prince… En vain :
le feu et la scène se couvrent de poussière,
du vivant ne reste qu'une vapeur…

Ainsi la vie fond entre les pierres brûlantes,
les os de l'homme se brisent et se fracassent,
de sa langue enflée chacun lèche son sang.
Sous les pierres Samson même est meurtri
et périt.

Depuis ce temps, croit-on, un cri terrible
venu de sous les ruines sans cesse s'entend :
« Place au talent ! Qu'il aille de l'avant !
Pour votre malheur, craignez de l'aveugler !
Tremblez ! »

1865, Mejador

«Батьö, эн шу…»

Батьö, эн шу: «Шонді улын
Енлöн быдсö шаня индöм!»
Сöмын шу: «Laus Deo!
Менам пöт тай кынöм!»

Батьö, тöдам – ангел майбыр,
Дявöл миcьтöм, лёк и наян;
Ассьыд велöдöмтö
Эн тэ помав тайöн.

Содты: «Райса, дерт, бур лоас,
Сылы райсьыс яблöг сюрас.
Адсалы нем сёйны,
Кодöскö со-й пурас».

1865

«*Mon Père, ne dites pas…*»

Mon Père, ne dites pas : « Sous le soleil
Tout est bien et par Dieu ordonné.»
Dites plutôt : « *Laus Deo !* qui m'a donné
Un ventre toujours plein et le teint bien vermeil.»

Mon Père, nous le savons – l'ange est très bon,
Le diable est laid, mauvais, rusé ;
Mais votre dogme doit être révisé,
Et il faut l'achever de tout autre façon.

Ajoutez : « Bienheureux sera toujours l'élu,
Un paradis de pommes le comblera.
Comme le damné jamais ne mangera,
Qui se plaindra d'être par lui mordu ? »

1865

«Велӧдӧмыс тӧдса…»

Велӧдӧмыс тӧдса,
Сы понда и мустӧм.
Рай пыр сылӧн пӧдса,
Ад ӧтторъя кустӧм!

1865

«*Ses leçons sont renommées…*»

Ses leçons sont renommées
mais ne font que déplaire ;
son paradis toujours est fermé
et jamais ne s'éteint son enfer.

1865

«Со бара пемыд лолын лоис...»

Со бара пемыд лолын лоис,
Со бара сэтшöм кад мем воис,
Кор му, код вывті ветлöдла,
Мем сьöкыд, югыд синмöс ёрö,
Кöть кага гаж ме серала,
Кор лолöй ачыс шогъяс корö,
Кор кöсья бырны югыдкöд,
Кор мувежöмсö меным колö
Зэв аддзывны, кор ставыс рöд
Мед кулас эськö, мый на олö,
Му вешъяс кокъяс улысь пыр,
Мед шонді меч моз мунас ылö
И енвевт киссяс юръяс вылö,
И войтыр Енлы кевмигтыр
Мед ляпкалас, кыдз налькйын шыр;
Кор йöзыскöд тшöтш сэтчö сюрас
Став лёкыс налöн и став бурыс,
Кор ловъя коляс öтнас Ен
Мöд югыд вöчны коркö сэн!

1865

« *Voici revenues en mon âme les ténèbres...* »

Voici revenues en mon âme les ténèbres,
voici de retour le temps
où la terre qui porte mes pas
me pèse, où la lumière aveugle mes yeux,
même si je ris à la joie d'un enfant ;
où mon âme même appelle le malheur,
où je veux disparaître avec la lumière,
où je veux voir la terre
bouleversée, ainsi que toute espèce ;
voir mourir tout ce qui vit encore,
voir la terre sous les pieds se dérober,
voir le soleil tel un ballon s'envoler,
voir la voûte du ciel sur les têtes s'écrouler
voir les hommes, suppliant Dieu,
comme souris au piège, écrasés ;
voir avec eux périr
tout le mal et tout le bien,
que Dieu seul reste en vie
pour créer un jour un autre univers !...

1865

Пемыд

Миян му вылын сьӧд вӧй
Сутӧм ме ог тӧд нин корсянь;
Войын йӧзыс сьӧд жӧ, тась
Весьшӧрӧ тай йӧзӧс корсян…

Он, он аддзы! Мукӧдыс
Эськӧ-й еджыд паськӧмаӧсь,
Да и сэні наяӧс
Борда шыръяс вевттьӧмаӧсь!

Еджыд вылӧ лёк вампир
Горша сатшкысьӧ… И тӧда,
Кыа петтӧдз татӧні
Татшӧм пемыдын ме пӧда…

Мортлы дзескыд пемыдын…
Шонді петмысьт, бырдсӧ таті
Паськӧдас тай… тіянлы!
Лольштанныд кокньыда ті!

Петас, вокъяс, шонді-й тан!
Ме нин аддза – рӧммӧ ылын…
И енвевтса лысваыс
Югйыштас сэк шонді вылын!

1865

Ténèbres

Noire est la nuit sur notre terre,
elle est tombée, je ne sais quand.
Dans cette nuit, noirs sont les gens,
et les chercher, c'est perdre peine…

Dans ces ténèbres, on ne peut voir !
Certains seraient de blanc vêtus,
mais sur eux se sont abattus
de chauves-souris les essaims noirs.

S'abat sur ces blancheurs, affreux,
un vampire qui s'agrippe et dévore.
Je le sais, en attendant l'aurore,
j'étoufferai dans ce monde ténébreux…

La nuit pour vous est oppression…
Mais le soleil, dès qu'il se lève,
ouvre l'espace et vous relève.
Légère se fait votre respiration.

Oui, frères, d'un beau vermeil
je vois se colorer l'horizon.
Bientôt la rosée du ciel à foison
étincellera au grand soleil !

1865

Мыж

Сьӧкыд мыж эм лолӧй вылын,
Ӧти мыж и эм!
Дзик чӧв олі, кор «тэ муса»
Сійӧ шуис мем.

1865

Faute

J'ai dans mon âme une lourde faute,
    une faute, une seule :
je suis demeuré muet, quand
    elle m'a dit « je t'aime ».

1865

1866 ВО ПЕТІГӦН

Тэ мӧдін инӧ сэтчӧ, кытысь некод
Оз бергӧдчывлы. Ен мед олас тэкӧд,
И хроника мед тэнӧ гаралас
Пыр кытчӧдз ас нэмыс нюжалас!

Кӧть йӧзлысь лэдзин тшӧтш и тэ тай вирсӧ,
И герцогъяслысь нӧйтін ёна нырсӧ,
Кӧть колян и став локтан вояс моз,
Эн гажӧд му тэ, коньӧр мортлысь поз.

Кӧть йӧзӧс, кыдз став ті-вок, пӧръялін тэ,
Кӧть велӧдӧмшӧн пыдди ньӧръялін тэ
Бур пиянсӧ бур комилысь, кӧть мем
Тэ эн вӧч бурсӧ нисьӧ лёксӧ нем, –

Ен тэкӧд! Войтыр важ шогъяссӧ асьныс
Зэв кокньыда тай, майбыр, вунӧдласныс.
Морт олӧм бӧрӧ бура бӧрыньтчы
И сэн мед оз кыв сэсся тэнад шы!

Сэн ӧтлаасьмысьт Адам нэмкӧд сувтӧ
И виччысьӧ тшӧтш менӧ; енвевт увті
Мем недыр, гашкӧ, лоас ветлыны,
Тан ловлы пуктӧм дыр-ӧ ӧзъявны?

Au seuil de l'année 1866

Tu es partie pour un lieu d'où personne
jamais ne revient. Que Dieu soit avec toi,
et que la chronique garde ta mémoire
aussi longtemps que la vie durera !

Bien que tu aies aussi versé le sang des hommes,
que les princes de ce monde aient subi tes nasardes,
bien que, comme les années passées et à venir,
tu n'aies point réjoui la terre, pauvre nid des mortels,

bien que, comme tes sœurs, tu aies trompé le peuple,
bien que pour tes leçons tu aies donné le fouet
à de bons fils de bons Komis et bien qu'à moi
tu n'aies rien fait de bien ni rien non plus de mal,–

Dieu soit avec toi ! Ses malheurs passés,
le peuple bientôt les oubliera.
Sors bien vite de la vie des hommes
et là, qu'on ne parle plus jamais de toi !

Là, quand tu auras rejoint le vieil Adam,
tiens-toi à ses côtés et attends-moi ; sous le ciel
je ne vais pas longtemps continuer mon errance.
La flamme de mon âme va-t-elle longtemps brûler ?

Эг лӧсявлӧ

Сюрс кокъямыссё квайтымын витӧд воӧ,
Августын дас нёльӧд лунӧ, коймӧд часын,
Этшаника лӧгасьлiм ми мусакӧд.
Сiйӧ воӧ жӧ, сы тӧлысьын, сы лунӧ
И сы часын, быдса кык минутӧн сёрджык,
Вӧлись бара морта-морткӧд бурасим!

1866

Brouille

L'an mille huit cent soixante-cinq,
le quatorzième jour du mois d'août, la troisième heure,
ma chérie et moi nous sommes un peu querellés.
Cette année même et ce même mois, ce jour
à cette heure même, mais deux minutes plus tard,
nous nous sommes réconciliés.

1866

«Сандра, сьӧлӧмшӧрӧй!..»

Сандра, сьӧлӧмшӧрӧй!
Сьӧкыд менам висьӧм,
Быд лы разьсьӧм, торъя,
Куйла, кыдзи киссьӧм.

Сандра, сьӧлӧмшӧрӧй!
Дӧзмӧдi и тэнӧ:
Сьӧкыд ӧнi-й тэныд
Мусавнытӧ менӧ.

1867

« *Sandra, cœur de mon cœur !...* »

Sandra, cœur de mon cœur !
Il m'est dur de souffrir,
un à un mes os se disloquent,
mon crâne se liquéfie...

Sandra, cœur de mon cœur !
Je t'ennuie, je le sens :
il t'est dur désormais
de m'offrir ton amour...

1867

«Талун мувыв югыд, шоныд...»

Талун мувыв югыд, шоныд;
Талун нимлун быдся лунлöн;
Талун мелі-й долыд Сандра;
Талун, шогöй, дерт, тэ вунлан!

1867

«*Aujourd'hui la terre est lumière et soleil…* »

Aujourd'hui la terre est lumière et soleil;
aujourd'hui c'est une journée de fête;
aujourd'hui tendresse et joie de Sandra:
aujourd'hui, malheurs, on vous oublie.

1867

«Идеал тэ менам, Анна…»

«Идеал тэ менам, Анна,
Дзик тэ ангел рожабана,
Идеал»… «Вой эз коль кузь, –
Шуис сійӧ, – тӧд пӧ, узь!»

«*Tu es mon idéal, ô Anna…*»

Tu es mon idéal, ô Anna,
Mon ange aux belles joues,
Mon idéal. « La nuit s'avance,
Dit-elle, allons, dors ! »

Турöб

Сэтшöм пемыд вой, мый сöмын
Турöб аддзö ветлöдлыны
Керка гöгöр и быд öшинь
Вöрзьöдны да йиркöдчыны.

Абу турöб тайö, чайтсьö
Öткöнлы мем висьöдчигöн,
Тайö кулöм менам ноксьö,
Сöмын оз куж восьтны иган.

1866

Tempête

Nuit sombre, nuit de tempête
qui rôde autour de la maison,
elle heurte et secoue les fenêtres
elle ébranle les cloisons.

Seul et malade, ce n'est point la tempête
qui vient m'accabler de ses coups,
c'est la mort qui furète
et veut arracher les verrous.

1866

Закар ордын

(помавтöм)

Пыддипуктантор Кöч Закар,
Пач тэчысь, зэв ньöбасис
Асывбыд. Сись, чайтор, сакар
Питшöгъясас ньöбаліс.
Кежліс сутш морт кабак дінö,
Рöчальштіс öшиньсö,
Кыскис сэтысь парта вина…
Тарыт гортас виччысьö
Зэв бур гöстьясöс Кöч Закар!
Локны кöсйис Ошпи Макар,
Комын ошкöс чергöдысь,
А кань куын ветлöдлысь;
Локтас Кась Вась, нинкöм кыысь,
Кодлöн мывкыд öти шыысь
Тöдчö, вежöр – кывджынйысь.
Локтас Руч Вань, вурун летысь,
Локтас Пыштош Спиридон,
Кодлы абу, вокö, дон,
Бур кыв, бурлан турун сетысь;
Локтас авъя Митрöпан,
Кызь во вичко видзысь тан;
Локтас Петрö Öльöш Герман,
Кодлöн мöд ним «Сьокыд чиг»,
Кодöс беддьöн кыскасиг,
Кöть и дзор нин, сöмын верман
Кыскыны, кор лэптыштас
Сайöдыс бур пöч, код сыкöд

Chez Zakar

(inachevé)

Notre vénéré Zakar-le-Lièvre,
le fabricant de poêles, toute la matinée
fait emplettes : chandelle, thé, sucre,
qu'en sa besace il a placés.
S'est arrêté devant le cabaret,
en a secoué le volet,
en a tiré de bonnes bouteilles.
Ce soir à la maison il attend
la visite de bonnes gens !
Va venir Makar-l'Ourson,
qui a mis à terre trente ours,
mais qui circule en peau de chat.
Viendra Vassili-le-Chat, tresseur de laptis,
dont on sait la réputation,
quant à l'esprit – n'en disons mot.
Viendra Vania-le-Renard, le batteur de laine,
viendra Spiridon Barbe-de-Chanvre,
qui, mon frère, sans faire payer
donne conseils et plantes pour guérir ;
viendra le grave Mitropan,
depuis vingt ans bon sacristain ;
viendra Petrö Ol'öch Herman,
dont l'autre nom est « Lourde main »,
qu'en duel à coups de bâton,
déjà grisonnant, on ne peut
vaincre que si par derrière
le soulève une bonne vieille,

Гильӧдчывлiс томлуннас.
Локтас Кельчипи Тарас,
Кодi олӧ юкӧд, тыкӧд
Куль моз, кодлӧн чери сьӧм
Ӧтторъя пыр кутчысьӧм
Нырвомас, а ачыс некор
Эз на ректыв юква бекар.
Локтас Поп Педь (абу поп,
Абу-й поп пи; бедь да ноп
Поплысь бӧрсьыс новлӧдлывлӧ,
Ныр сы пыдди лэптавлывлӧ!)
Локтас бедця Еремей,
Дзор и тшап, кыдз аркиерей,
Кодлӧн кулан кадыс мунӧм,
Кодлӧн кулӧмыслӧн вунӧм
Босьтны сэк – и олӧ морт,
Кыдзи войтыр костын орт,
Шенӧдлас, а лёк оз вӧчлы!
Локтас Митрей, йитлалысь
Чӧстуй вылын гӧрӧд кӧчлы,
Полысьджык на кӧчьясысь;
Кӧть и ышман вӧлiс быдмиг,
Жугӧдiсны вояс лыдмиг!
Локтас Сопрон, кос и жеб,
А сюзь синсьыс ем он дзеб.
А кор сурсӧ юиг вӧяс,
Кӧшлысь пыдӧс чуктӧдас,
Ӧд и сурсӧ он вӧйт йойӧс
Енлы ӧктысь волывлас
Татчӧ, енногa Гервасей;
Локтас омӧлиндзик Ласей,
Кодi быдся керкаӧ
Пес поткӧдлӧ, ва новлӧ…
Локтас Микаль, кодi уна
Керка-карта сувтӧдiс
Озыръяслы-й, кулӧмыс
Кытчӧдз асьсӧ тай оз су на,

une luronne amie d'enfance.
Viendra Tarass-le-Gardon,
qui vit avec la rivière, avec le lac :
tel un ondin, il a des écailles
de poisson toutes collées
au visage, mais lui, jamais,
n'a vidé son assiette de soupe de poisson.
Viendra Ped'-le-Pope (non pas pope,
ni fils de pope ; bâton et besace
du pope il porte toujours,
mais il aime à faire le fier).
Viendra Eremeï-au-Bâton,
grisonnant, imposant, tel un archevêque,
son heure de mourir est venue,
mais la mort a oublié
de le prendre – et il vit
comme au milieu du peuple
et s'agite, sans nuire à personne.
Viendra Mitreï, qui piège les lièvres
sur les sentiers de chasse,
mais froussard plus que les lièvres ;
bien qu'il soit rieur à tout instant,
s'accumulant, les années l'ont brisé.
Viendra Sopron, tout faible, tout sec,
nulle aiguille n'échappe à ses yeux de chouette,
mais quand il s'effondre en buvant la bière,
il atteindra le fond du godet,
on ne noiera pas vite l'idiot dans la bière.
Quêtant pour Dieu on verra venir
le bien pieux Guervasseï ;
viendra, le bien chétif Lasseï,
qui dans chaque maison,
coupe le bois et porte l'eau.
Viendra Mikal, qui a installé
bien des maisons, et des palais,
pour les riches ; la mort jusqu'ici
ne l'a point encore surpris,

Унаöс на колльöдас
Киподувса гортъясас…
Дзугыль Микаль медся колан,
Кодыр кулан и кор олан!
Быд дур йöзыс локтасны.
«Марин! Сисьтö öзтыны
Регыд тшöкты пызан вылö!
Матынöсь бур войтыр, кылö!»
Сідзи-й эм. И пырисны,
Кепысь-шапка пукталісны
Джаджйö, сэсся пернапас
Пöрысь гöстъяс чöвталісны,
Вешталісны юрсияс,
Кодлöн юрси кольыштіс на,
Синъяс вывсьыс, – кодлысь юр
Вуштöм арлыд, кöть эз сюр
Нем, а нимöдчис на
Сійö кинас важног, кöн
Быдмис юрси гöгыльöн,
Та бöр найö копыртчисны
Закара-Мариналы, –
Кывтлы, кöтшаслы и пачлы,
Понма-каньлы, öшöм гачлы –
Вина-парта, сулавлы,
Мед на копыртчисны сылы!
Церемонья помавмысьт
Пуксялісны. – Сëрниысь
Пыр нин нянь-турунöн кылö,
Сэні-й Мöскуакöд Луз,
Сэні поп, дяккöд, пранцуз.
Со и доктö пызан вылö
Ачыс вина, сэсся тшай.
Тшайыс бöрын бара вина;
Вина бöрас нянь-сов, яй;
Яй бöр бара тшайыс дінö…
Бахус! Лолыд раддö оз?
Коді юö найö моз?

il en accompagnera encore beaucoup
dans les maisons du voisinage...
Triste Mikal, combien indispensable
pour qui meurt et pour qui vit.
Voici que les bonnes gens arrivent.
« Marina ! Allume la chandelle,
mets bien vite la table,
nos gens sont tout près, tu entends ! »
Les voilà. Ils sont entrés,
chapeau, mitaines ont posé
sur la banquette, les vieux ensuite
se sont signés,
ont arrangé leurs cheveux,
au moins celui à qui il en reste,
celui dont l'âge a rasé la tête, même
s'il n'y a plus rien, a encore passé la main
comme autrefois, là où
les cheveux forment une couronne.
Après cela ils se sont inclinés
devant Zakar et Marina –
devant l'entrée, la cuisine, le poêle,
le chien, le chat, le pantalon suspendu –
bouteille de vodka, attends un peu
ils n'ont pas fini de s'incliner !
Après toutes ces cérémonies,
ils s'assoient. On cause,
on cause du pain et du foin,
de la Louza et de Moscou
des Français, du pope et du sous-diacre.
Voici qu'arrive sur la table
Sa Majesté la Vodka, puis le thé.
Après le thé, encore la vodka ;
après la vodka, pain-sel, viande,
après la viande encore le thé –
Bacchus ! Cela fait chaud au cœur ?
Qui peut boire comme eux ?

Войдӧрлун на – тӧрыт – талун –
Ӧнтай на тай вӧліс налӧн
Аддзысьлӧм; – сэк нинӧм дзик
Морта-мортыслы эз шуны…
Водзӧ вӧлі колӧ мунны –
Янсӧдчисны регыдджик!
Сэк ас удж, ас интересъяс.
....
....
Морта-мортлӧн ошйысьӧны,
Бурасьӧны, окасьӧны,
Морта-мортӧс нырӧны…

1867

Avant-hier – hier – aujourd'hui –
elle est récente encore
leur rencontre ; – alors, il n'y a rien
absolument rien, à se dire...
Maintenant il faut partir –
On s'est quitté bien vite !
Qui à son travail, qui à ses intérêts.
....
....
Ils se cherchent querelle,
Ils se calment, ils s'embrassent,
Ils se pressent...

1867

Кулалысь

Ме со эськö-й дась нин кувны,
Омöльтчыссьöм зэв… Да дінті
Мунö кулöм, сы понда мый
        Уджйöз ме эг мынты.

Тöждöдö, оз помав… Ковмас
мынтыны-й Пон Васьлы, тадзкö…
Вась, лок регыд! Лыöсь киöн
        Пеж чужöмад швачка!

1867

Le mourant

Me voici prêt à mourir,
je ne suis plus que squelette…
Mais la mort ne veut venir
          car je n'ai pas réglé ma dette.

Fâcheux… Pour que la mort passe,
il me faut payer le Chien Vass.
Vass, viens vite ! De ma main osseuse
          je frapperai ta face hideuse !

1867

Менам муза

(Гугов тетрадьысь)

Менам муза
абу вуза:
Базар выло виршъясöс ог ыстö,
Ньöбысьясöс виччысьны ог лысьтö…
Гусьöникöн
Сьывлам кыкöн;
Ичöтик фальш ас костын кöть петас,
Коді сійö фальшлы нимсö сетас?
Ас кежын ми серавламö сійöс
И тетрадьöн дінысь
Югыдджыка биöс
Öзтылам каминысь…
Регыд видламö и йöз водзын ми киöс,
Регыд босьтам ёнджык тема,
Мед поэма
Петкöдлас ханжаöс,
Лёка паськыд паськöмаöс,
Паразитöс, коді йöзысь гырысь,
И код гöрд йöз вирысь, –
И бур йöзсö, кодъяс öні
Оліганыс кынмöны и тшыгъялöны,
А быд шудсö кулöм бöрсьыс виччысьöны…
Менам муза
Оз ло вуза!

1866-1867

Ma Muse

(cahiers de Gougov)

Ma muse
n'est pas à vendre :
Je ne tiens pas boutique de mes poèmes,
et n'attends nullement le chaland...
Dans le secret
nous chantons à deux voix ;
entre nous, quelques petites fausses notes,
– qui leur donnera un nom ? –
entre nous, nous en rions
et nos cahiers
nous donnent un feu plus clair
que dans la cheminée nous allumons...
Bientôt devant le peuple nous essaierons nos forces,
bientôt nous passerons à de plus hauts sujets :
que le poème
fasse paraître les tartuffes,
les vêtements trop larges et mal ajustés,
le parasite qui s'engraisse du peuple,
et du sang rouge des hommes,
et aussi les braves gens qui aujourd'hui
gèlent et meurent de faim,
et n'espèrent le bonheur que dans la mort...
Ma muse
ne sera pas à vendre.

1866-1867

«Со кыдз сійӧс тӧда ме…»

Со кыдз сійӧс тӧда ме…
Олӧ чӧв ӧтторъя,
Оз кӧть йӧзысь ылыстчы,
И оз овлы торъя.

Сылы абу пом ни дор,
Сійӧ мича, югыд,
Сылысь ыджыд олӧмсӧ
Кулӧм оз, оз жугӧд.

Сы понда, мый торксьыны
Сійӧ оз куж, вӧчӧ
Шойсьыс мича организм,
Кодыр сісьмас пӧчӧ.

Сійӧ абу лёк ни бур,
Сійӧ оз босьт нэмыс
И оз сетав киӧн нем,
Кӧть и помтӧм эмыс.

Сылысь босьтны позьӧ пыр
Аслыд, абу ӧлӧм
Бӧрйысь ёна эм пытшкас,
Бурмӧд ассьыд сьӧлӧм!

«Со пӧ босьтіс!» – сідз оз шу –
Мый но сійӧ шулӧ?!
Аддзӧ, да кыдз оз аддзы,
Мый вылын кӧть сулӧ.

« *Voici ce que je sais d'elle...* »

Voici ce que je sais d'elle...
Elle est toujours muette,
pourtant point éloignée des hommes
et sans vivre à l'écart.

Elle n'a ni fin ni bord,
elle est belle, lumineuse,
et sa puissante vie,
la mort ne peut briser.

Parce qu'elle-même ne peut
se corrompre, d'un cadavre
elle fait un bel organisme,
d'une vieille qui tombe en poussière.

Elle n'est ni bonne ni mauvaise,
elle ne prend pas la vie
et ne donne rien de sa main,
quoique ses biens soient immenses.

C'est à toi de lui prendre
ce que tu veux, rien n'est interdit ;
fais ton choix dans ses biens,
améliore ton propre cœur.

Elle ne dit pas : « Voilà ce qu'il a pris. »
Que peut-elle dire ?
Elle voit, mais comme sans voir
ce à quoi pourtant elle tient.

Оз торк, кодыр гажӧдчан,
Кыдзи аддзас мывкыд,
Музыкакӧд, бутылькӧд,
Долыд мича нывкӧд.

И кор вӧйны сы водзын
Пондан – вӧй, оз мездыв!
Кӧть тэ кыдзи кевмысь сэн,
Кӧть тэ кыдзи чездыв!

Сылы быдсӧн ӧткодь дзик,
Олӧ чӧв ӧтторъя!
Локтан дінас – шань, он лок,
Лоан ачыд торъя…

Быдсӧн дінас чукӧртчӧ,
Быдлы сійӧ колӧ –
Видзӧд, ассьыс босьтны нем
Оз ӧв, пыр чӧв олӧ!..

1867

Elle ne gâche pas le plaisir,
comme on le comprend,
que te donnent musique, vin,
ou une charmante fille.

Et si devant elle tu veux te noyer,
noie-toi, elle n'ira pas te sauver !
quelles que soient tes prières,
quelles que soient tes colères !

Pour elle tout est égal,
elle est toujours muette !
Approche, c'est bien ; sinon,
c'est toi qui te mets à l'écart…

Elle nous rassemble près d'elle,
nous tous avons besoin d'elle,
vois : lui prendre, ne rien lui prendre,
c'est tout comme : elle est muette.

1867

ÖТИ БУР ОЛÖМ

1.

Сэк кості, кор мортöс чужтісны,
Кодыр пыртісны, кор тöбисны.
Кор эз куж на витöдз лыддьыны,
Сійöс озырджыкъяс ньöбисны.

Кодыр школитісны, бьдтісны,
Сэки шуисны: «Мый виöма
Тэ вылö, он сулав джын донсö!
Тöдан, вештысьны дыр сиöма!»

Юрнас, кинас, кокнас уджалö,
Пöсьнас киськалö тай чужöмсö,
И оз этша кывлы – ошкöны
Сылысь пельклунсö и кужöмсö.

Мортыс уджалö джын олöмсö,
«А эн на пö юртö вешты тэ,
Кодыр, муса вокöй, мукöдöс
Эн на уджйöзöдны эшты тэ!»

2.

Комын арöс. Кык-ö-куим сі
Пондöм юр вылас нин дзормыны.
Сэсся эз нин лöгöд нывъясöс,
Гöтрасис! Да-й дыр-ö сёрмыны?

Une bonne vie

1.

En ce temps-là, au monde un homme vint,
on le langea, le baptisa ;
ne savait encore compter jusqu'à cinq,
que de plus riches en firent achat.

On l'éleva, à l'école on l'envoya,
puis on lui dit : « Nous avons dépensé
moitié plus que tu ne vaux,
pour te racheter, ce sera long ! »

De la tête, des mains, des pieds il travaille,
la sueur inonde son visage,
cela se sait – et on le loue
pour son habileté et son savoir.

La moitié de sa vie il travaille.
« Tu ne t'es pas encore racheté,
frère : tu n'as pas eu le temps,
de prêter à d'autres. »

2.

Il a trente ans. Sa tête ici et là
commence à grisonner.
Il ne taquinait plus les filles,
il s'est marié ! Eh ! pourquoi attendre ?

Ичмонь кыкысь муса, вӧччӧм кӧ;
Питор мичаджык, кор велӧдчӧ;
Том бать батьджык, кодыр ноксьӧ пыр,
Кодыр артасьӧ да зэлӧдчӧ;

Дасьтӧ вот вылӧ и мед вылӧ,
Мед оз йӧртны, мыш оз серӧдны,
Мӧска-вӧлаӧс оз нуӧдны,
Гӧтыр-пиянӧс м'оз дзерӧдны…

Мӧд джын олӧмсӧ сідз вештӧдчис,
Вештӧдчис бур морт – и эштӧдчис
Кодралігас быд бур сьӧлӧма
Шуис: «Дона сійӧ вӧлӧма!»

1868, Алма-Ата

La belle est bien plus belle avec de beaux habits ;
les enfants plus beaux s'ils sont instruits ;
le jeune père est plus père s'il s'affaire,
et compte et recompte sans relâche.

Il paie la taille, il paie le fisc,
pour éviter le fouet, éviter la prison ;
qu'on n'emmène pas son bétail
qu'on ne chasse pas sa femme et ses enfants…

Il a racheté l'autre moitié de sa vie,
l'a rachetée, brave homme, il est libre !
Et sur sa tombe, et de bon cœur,
chacun a dit : « Il avait tant de prix ! »

1868, Alma-Ata

ПАМА

Князьпогост. Памалӧн керка

Пама

Сэссянь, кор тэ, шаман, локтiн татчӧ,
Ог узь сьӧд вой еджыд асылӧдз;
Лун-вой меям полысь лолӧй аддзӧ
Сьӧкыд вӧтъяс. Мый оз лёк йӧз вӧч!
Тшыкин, бӧбмин, Пама, тут! Со кывзӧ, вокъяс,
Тавой куни син, мем вӧтавсьӧ:
Даддьын пукала; чож кӧрлӧн кокъяс
Вӧялӧны лымйӧ; вӧтлысьӧ
Кинi сэтшӧм, ог тӧд, миян бӧрӧд,
Демон яй-лыӧн кӧ пасьтасис,
Эськӧ сы кодь мисьтӧм петкӧдчис!
Кодыр даддьӧс этшаник оз пӧрӧд,
Кодыр быдсяма ног видчӧ, лӧг,
Чиршӧдлiг сьӧд чуньнас бӧрын.
Ме ог вермы пышйыны…

Пырасса шаман

Вой шӧрын
Кыдз оз ворс вӧт, лёкӧс вӧзйытӧг!

Пама

Мӧдысь вӧлiс сэтшӧм жӧ вӧт мисьтӧм:
Уся, уся… Кӧсья горӧдны:
Вомын абу кыв; ме – кутчысьны:
Ки оз лэптысь, озысь сыӧ кисьтӧм…
Висьтав, вокӧй, бур-ӧ тайӧ ун?

PAMA

Kn'azpogost. Maison de Pama

Pama

Chaman, depuis ton arrivée en ces lieux,
De la nuit noire au blanc matin je ne dors plus,
Jour et nuit mon âme effrayée est la proie
De terribles songes, que ne font pas les mauvaises gens !
Te voici étourdi, égaré, Pama, ici. Écoutez, mes frères :
Cette nuit j'ai fermé l'œil, un songe m'est alors apparu :
Je suis dans un traîneau, les pattes d'un renne rapide
Plongent dans la neige ; derrière nous
On nous poursuit, qui, je ne sais.
Si un démon était vêtu de chair et d'os,
Peut-être serait-il aussi hideux que lui !
Quand il manque de renverser le traîneau,
Quand il pousse mille jurons, furieux,
En menaçant de son doigt noir.
Je ne peux fuir...

Le chaman de Pyras

Au milieu de la nuit
Les songes se jouent de nous, mais sans mal !

Pama

Une autre fois j'ai eu cet affreux songe !
Je dors, je dors... Je veux hurler...
Dans ma bouche aucun mot ; je veux résister
Ma main ne se lève, on y a versé du plomb...
Dis-moi, frère, ce songe est-il bon ?

1 тун

Пама! Ачыд тэ медтӧдысь тун!
Войпель оз эльт сылы кевмысьяссӧ!

Пырасса шаман

Коньӧр сійо, коді ачыс асьсӧ
Кӧсйӧ видзны, кортӧг отсӧгсӧ
Войпельлысь лёк кадӧ! Мездысигӧн
Понмысь, весьшӧрӧ тай шыбласьӧ
Кӧч мыльк сайӧ гусьӧникӧн!
Пон моз кӧчӧс, аддзӧ шудтӧмлун
Руыс кузя полысьӧс. [...]

Пама

Ичӧт дырий серавлі, йӧй,
Кодыр шаньджик бӧрдны вӧлі, пиӧ!
Мый тэ вывті долыд? Он тӧд сійӧ:
Синтӧ тэнсьыд кӧрталӧны йӧз:
«Гораньӧн пӧ ворсам!» вашкӧдігӧн.
Сералан тэ тай, – а коньӧрӧс
Нуӧдӧны гулань ньӧжйӧникӧн!
Тэ кодь тай став коми войтыр дзик.
Гӧгӧрвоан; кыдзы зіляндҗик!
Войтырсӧ роч саръяс, кырныш моза,
Ыставлісны важӧн гулю позӧ,
Комиӧ. Рам коми йӧзлысь пыр
Повзьӧдлывліс синъяссӧ морт вир.
Мыжтӧмӧсь ми: мортӧс печиктыны
Коми ки оз вермы лэптыссьыны!
Гӧгӧрвоис роч, кӧн шоныдджык,
И ми ордӧ воис ӧдйӧнджык.
Медводз эг ми сылы паныдасьӧ,
Пызан сайӧ корим пуксьыны
Гӧсьтӧс, коді пырис миян пачӧ
Ас ныр улас сёян ваявны.
Сы бӧр казяліс, мый татӧні

Premier sorcier

Pama ! Tu es le sorcier le plus savant !
Voïpel ne fait aucun mal à ceux qui l'implorent.

Le chaman de Pyras

Misérable est celui qui veut se protéger
Soi-même, sans demander l'aide
De Voïpel en un mauvais temps !
Il veut se libérer, mais en vain. C'est le lièvre
Qui se fourre derrière une motte de terre pour se cacher du chien !
Mais comme le chien voit le lièvre, le malheur
Dépiste à son odeur le froussard. [...]

Pama

Dans mon enfance j'ai ri, sot que j'étais,
Quand il eût mieux valu pleurer, mon gars !
Pourquoi tant de joie ? Tu ne le sais pas :
On te bande les yeux : « Jouons
À colin-maillard ! », chuchotent-ils.
Tu es tout content. Mais le pauvre gars,
Ils le mènent peu à peu dans un trou !
Tout comme toi est le peuple komi.
Tu comprends : mais écoute encore !
Autrefois les tsars russes, tels des corbeaux,
Ont envoyé leurs gens dans un nid de colombes,
Le pays komi. Les yeux paisibles des Komis
Se sont longtemps effrayés du sang humain.
Nous sommes des innocents : pour frapper
La main des Komis ne peut se lever.
Le Russe a compris la douceur du pays
Et chez nous il s'est rendu au plus vite.
D'abord nous ne l'avons pas repoussé,
Nous avons invité à notre table cet hôte
Qui avait franchi notre seuil
Pour qu'on lui serve à manger.
Ensuite il découvrit qu'ici

Сылы колантор эм. Мый нӧ сысся?
Мед пув ва моз донтӧм шорӧн кыссьӧ
Коми йозлӧн вир! Ті тӧданныд:
Кор зэв муса гӧсьт ми ордысь мунас,
Сэки дзугыльӧсь ми рытывбыд.
Коми му сідз вӧвліс шог сы луннас.
Кодыр татысь роч йӧз ылӧдсяс,
Ловъя – нямӧдъястӧг кольлывлас.
Кага – тӧбан рузумтӧг… Сідз войтыр
Усис, озыр, ён и ыджыд войдар!
Эз на помась! Коръя-й помасяс?…
Долыдӧсь-ӧ, вокъяс, миян лунъяс?
Дугдісны-ӧ волыны тиу́нъяс?
Ог ме шуны вермы, бурджык кин:
Мӧскуаса князь-ӧ тотарин
Сарайса? Ог тӧд! Медбӧръя бурнас,
Весьшӧрӧ тай коми вотыр урнас
Кӧсйӧ рочӧс бурмӧдны! Сідз тэч
Унджык биӧ песъяс: мыквкыда йӧз,
Оз-ӧ ӧзъявныджык кут? Выль лэч
Локтысь Степан коми йӧзлы вайис!
Гӧгӧрвоин-ӧ тэ вӧлись тайӧс?

2 Тун

Гӧгӧрвои ме…

[…]

Il avait tout ce qui lui fallait.
Que comme jus de fraise coulât
À volonté le sang komi ! Vous savez :
Quand un hôte bien aimé s'en va de chez nous
Chaque soir nous le pleurons.
La terre komie a été si malheureuse en ces jours.
Quand d'ici le peuple russe s'en ira,
Plus de portianki pour l'adulte,
Pour l'enfant, plus de langes…
Ainsi est tombé un peuple, riche, fort et grand !
Ce n'est pas encore la fin ! Quand viendra-t-elle ?
Sont-ils agréables, frères, nos jours ?
Ont-ils cessé de venir, les seigneurs ?
Je ne peux dire qui est meilleur :
Le tsar de Moscou ou le Tatar
De Saraï. Cela, je ne le sais.
En vain les Komis avec de l'argent
Tentent d'adoucir les Russes ! Mets donc
Plus souvent du bois dans le feu : peuple raisonnable,
N'aurez-vous pas plus chaud ? Étienne
en venant a passé un nouveau lacet au cou des Komis.
As-tu enfin compris ?

Deuxième sorcier

J'ai compris.

[…]

Монолог Памы

(По русски)

В полночь в дремучий лес я пришёл,
Как они, мрачний душою,
Молиться тебе, Войпель,
И услышать твою волю.
Молю я тебя быть добрым к народу,
И скажи, в чем они нуждаются.
Нуждаются ль во мне, когда
Другой успешно овладел вниманьем их
И противоборство мое Стефану
Будет ли в видах твоих?
Скажи, виновен ли я был
Во лжи перед народом, обманщик ли я,
Как говорит народу Стефан?
Изменял ли я преданиям предшественника,
Любившего правду и народ?
Мне, человеку, как знающему себя
За благонамеренного и честного,
Приводится сомневаться в знании судеб.
Стефан слишком овладел умами,
Чтоб мне не быть к себе беспристрастным,
Как ты повелел в поспитании моей души,
Занимающей меня и день и ночь;
Он слишком овладел умами,
Чтоб не верить его добрым намереньям,
Неотразимо, действующим на народ.
Скажи, не так ли, что и я
И он, при всех добрых целях, нами

Monologue de Pama
(ébauche)

(traduit du russe)

À minuit au cœur d'une forêt épaisse je suis venu
Comme eux, dans les ténèbres de mon âme,
Te prier, Voïpel',
Et entendre tes volontés.
Je t'en supplie : sois bon pour le peuple,
Et dis-moi de quoi ces gens ont besoin.
Ont-ils besoin de moi, quand un autre
A pu s'emparer de leur attention,
Et mon combat contre Étienne
Répondra-t-il à tes desseins ?
Dis-moi, envers eux ai-je été coupable
De mensonge, suis-je un imposteur
Comme le dit Étienne au peuple ?
Ai-je trahi le legs de mon prédécesseur,
Qui aimait la vérité et le peuple ?
Dois-je penser qu'en le protégeant
D'un pouvoir étranger, je l'anéantirai dans le mien ?
Moi qui me tiens pour un homme
Aux intentions droites et honnêtes,
Il m'arrive de douter de la science des destins.
Étienne s'est trop emparé des esprits
Pour que je ne sois pas impartial,
Comme tu l'as ordonné en éduquant mon âme,
Qui m'occupe jour et nuit ;
Il s'est trop emparé des esprits
Pour que je ne croie pas à ses bonnes intentions,
Qui agissent irrésistiblement sur le peuple ;

предполагаемых,
Мы оба можем ошибиться?
Зачем, о Войпель, своему жрецу
Не дашь всего своего ты знания,
Как являющемуся к народу с речью от
твоего лица,
Когда тебе самому не приводится являться к нему?
Зачем я не могу действовать на народ
В той силе, как ты действуешь на меня?
Явления твои по ночам
Показывают состояние моей души,
Как днём зеркало мое лицо.

1868-1869

Dis-moi, ne faut-il pas croire que moi
Et lui, dans tous les buts honnêtes que nous proposons,
Nous pouvons tous deux nous tromper ?
Pourquoi, ô Voïpel', à ton prêtre
Ne pas donner toute ta science,
Ton prêtre qui parle au peuple en ton nom.
Quand tu ne peux le faire toi-même ?
Pourquoi ne puis-je agir sur le peuple
Avec ta puissance comme tu le fais sur moi ?
Tes apparitions la nuit
Montrent l'état de mon âme
Comme le fait, le jour, pour mon visage le miroir.

1868-1869

Левлöн юкöн

(Крыловлöн)

Коркö öтилаын бура зэв
Олісны Руч, Кöин, Пон и Лев.
На костын тай вöлі пуктöм
Кыйсьыны пыр öтвылысь
М'оз коль öтмындаöн юктöм.
Ог тöд кыдз и мыйöн, сöмын медводз Руч
Кöрöс кыяс
И юксьыны сыöн коралас.
Воасны, воас и Лев. Сэк гыжъяс табралас.
Лев шуас: «Ми нёльöн».
И нёль торйö косяляс кöрöс.
«Тайö тор» шуас «мем, кыдз лöсьöдчимö.
Тайö мем кыдз Левлы,
Этайö мем, сы понда мый ме медвына,
А тайö тор дінö код пондас кыскысьны,
Сійö ловйöн оз чеччы».

1869

Le partage du Lion

(d'après Krylov)

Autrefois vivaient en quelque région
un Renard, un Loup, un Chien et un Lion.
Entre eux jamais nul désaccord.
Il leur vint un jour à l'esprit
de chasser ensemble. On coucha par écrit
qu'on ne recourrait point à un tirage au sort ;
de la proie obtenue parts égales on ferait.
On part. Renard eut la première aubaine :
la chose est peu croyable et dire on ne pourrait
comment il s'empara d'un renne.
Mais il en fut ainsi. Il invite au partage.
On accourt. Et Lion, toutes griffes dehors,
de dire : « Nous sommes quatre ! »
Nul besoin de débattre
et ces quatre aussitôt
s'affairent au dépeçage :
« Cette part-ci, dit Lion, me revient,
On en convint tantôt.
Et comme je suis Lion, cette autre m'appartient.
La troisième est à moi car je suis le plus fort.
Quant à la part dernière,
Loup, Renard ou Chien,
qui de vous s'en approche, qu'il songe avant sa mort
à faire sa prière. »

1869

«Дас во олі ме...»

(Гугов тетрадьысь)

Дас во олі ме, мед воліс мамлöн акань
И мед эз вöв сылы дзуглясьны минут...
Мöд дас олі ме, мед велöдчыны умтöдз
И м'оз тшыгъявны роч велöдысъяс тут.
Коймöд дассö ас вöсна нин кöсйи овны –
Бара кынöм сэн эз бура пуны кут!
Ружмасны и мукöд орган нёльöд дасö;
Со нин синмöй доймö... Öні бергöдчас-ö
Мелань Ен? Зев кевмыся, мед висьöм
Регыдджыка жугöдыштас лы-сьöм!

1870

« Pendant dix ans… »

(cahiers de Gougov)

Dix ans j'ai vécu en poupée de ma mère,
qu'elle n'eût point de raison de jamais s'inquiéter…
Puis dix ans encore : études jusqu'à la nausée,
mais mes maîtres russes n'étaient point affamés.
Troisième dizaine : pour moi j'ai voulu la vivre :
mais l'estomac se refusait à digérer !
Quatrième dizaine : d'autres organes de grogner ;
voici que je souffre des yeux… Dieu va-t-il vers moi
maintenant se tourner ? Ardemment je prie et supplie
que mon mal au plus vite vienne me briser les os !

1870

«Кутшӧм коми виршъяс…»

(Гугов тетрадьысь)

Кутшӧм коми виршъяс
Сета тэныд рама?
Ода-ӧ Стефанлы,
Кодысь пышйӧ Пама?

Эпос-ӧ, кыдз Яг морт
Важӧн овліс-вывліс,
Кепысь пӧвнас йӧзлы
Шонді тупкывлывліс?

Колӧ-ӧ легенда,
кыдзи вӧліс виӧм
Коми Михаил князь,
И кыдз абу сиӧм

Сылы мӧдысь кувны?
Гашкӧ, тэ зэв долыд,
Йӧктан сьыланкылы
Гажмӧ шуда лолыд?

Гашкӧ, зіля корсян
Трагикӧс? Со видзӧд
Коми йӧзӧс; кыдзи
Синватӧ оз пычӧд?

Сэн быдсӧнлы
Сьӧлӧм серти волӧ…
Со тай сійӧ, лыддьы,
Кор сатира колӧ.

1870, Копал

«*Quels vers du pays komi…*»

(cahiers de Gougov)

Quels vers du pays komi
puis-je humblement t'offrir ?
Est-ce une ode à Étienne,
qui fit fuir le vieux Pam ?

Veux-tu l'épopée de Iag Mort
qui dans le bon vieux temps
aux hommes, de son gant
sut cacher le soleil ?

Faut-il une légende ?
Conter comment périt
Michel, prince des Komis
qui n'eut pas le désir

d'une seconde mort ?
Peut-être es-tu joyeux
et d'une poésie dansante
veux-tu réjouir ton âme ?

Préfères-tu le genre
tragique ? Alors regarde
le peuple komi : comment
ne pas verser des larmes ?

Là chacun trouvera
selon son cœur…
Cela aussi, prends-le,
s'il faut de la satire.

1870, Kopal

Важся коми войтырлöн кодралöм

Вокöй, олiн-вылiн,
Сёйин, юин, сьылiн,
Мырсин, шогсин тан –
Öнi ойбыртан.

Регыд бара мöдан,
Кытчö, ачыд тöдан;
Мунiгкежад тась
Тэнад быдсö дась.

Бура лöсьöдчöм мысьт
Он пов эндöдчöмысь,
Туй вылад тэд, вок,
Оз торк бур ни лёк.

Эн вöв нэм тшыг-пасьтöм,
Льöм ляз водзад дасьтöм,
Рысь и выя рок
Эм и öнi, вок.

Тэнö пуксьöдiмö,
Выль лаз пасьтöдiмö,
Киад шы и ньöв,
Поспомын тэд вöв.

Пуклöс пыдди сепыс;
Сыын быдся шепыс:
Шобдi, рудзöг, зöр –
Тэ и сэн кöдз-гöр.

Requiem des anciens Komis

Frère, tu as vécu,
Mangé, bu, chanté,
Peiné, souffert ici –
Aujourd'hui tu somnoles.

Bientôt tu vas partir.
Où ? tu le sais ;
Pour ton départ
Tout est prêt.

Tu es bien préparé,
Aucun oubli à craindre,
Sur ta route, frère,
Nul obstacle, en bien, en mal.

Tu ne fus jamais affamé ni nu,
Le jus de sorbier t'attendait,
Fromage, kacha beurrée,
Et aujourd'hui encore, frère.

Nous t'avons équipé,
Vêtu d'une blouse neuve,
Dans ta main, lance et flèche,
Devant l'entrée, ton cheval.

Pas de selle mais un sac ;
Dedans épis de toutes sortes :
Froment, avoine, seigle –
Là-bas, laboure et sème.

Кодыр воан сэтчӧ,
Мӧд олӧм тай сетсьӧ.
Татчӧс кӧйдыс мед
Сэнi ловзяс тэд.

> Туяд нем м'оз дугӧд,
> Тэрмась! Мӧдаръюгыд
> Мича, долыдик,
> Таладор кодь дзик.

Та коль турун, пуяс,
Шондi, чардби, юяс,
Енвевт сiдз жӧ лӧз,
Сӧмын бурджык йӧз.

> Бурджык чери, пӧтка,
> Он сэн тшыгъяв ӧтка,
> Дiнад воасны,
> Сӧмын чукӧстны.

Ачыд лоан лючки,
Кагаӧс он кучкы;
Вӧвтӧ, лёк и нарт,
Весьшӧрӧ он варт.

> Сэнi вир оз юны,
> Кыз удж сэн оз нуны,–
> Зэв тай дӧзмыд нэм,
> Кор дзик керны нем!

Эм сэн татчӧс колӧм,
Абу татчӧс полӧм,
Оз лок шудтӧм лун,
Шудаыс оз мун!

1875, Ташкент

Quand tu arriveras,
Autre vie te sera donnée.
Là-bas que la semence
Croisse et te profite.

Que rien n'arrête ta route,
Hâte-toi ! L'autre monde
Est joyeux, magnifique,
Tout comme ce monde-ci.

Comme ici, champs, arbres,
Soleil, foudre, rivières,
Ciel tout aussi bleu,
Mais meilleurs y sont les gens.

Meilleurs les poissons, le gibier.
Si tu es seul ou affamé,
On viendra te trouver,
Il ne faut qu'appeler.

Toi-même seras homme de bien,
Qui ne frappe pas les enfants,
Sans raison ne bat pas son cheval
Même si la rosse est rétive.

Là-bas on ne boit pas le sang,
Du travail il y en a mais sans excès,
Car bien pesante est la vie
Pour qui n'a rien à faire.

Il y a là-bas tout ce que tu désires,
Là-bas la peur n'existe pas,
Le malheur n'y a point accès,
Quant au bonheur, il ne peut fuir !

1875, Tachkent

Ягморт
(Поэма)

(Медводдза содтöм)

1. ....
....
....
Кытöн ыджыд чукöрöн
Лэбалöны тшыктöм таръяс…
Вежныд петö, закуч каръяс?

2. Мед оз шогсьы тіян пар,
Коньöръясöй Кардор, Перым,
Медся коньöр Питир кар!
Мый нö тіянлы ми керим
Омöль, сысь öтар, кор
Сöмын ыстам мустöмтор?

3. Сьöмга, тарлöн мустöм кöрыс
Коми мортлы, сы вöсна
Мый эз видлыв кыйсьöм бöрас
Кöрсö ачыс некор на…
Шыблалö мый коми, лэптö,
И эн паськöдлö зэв зептö!

4. Донтöма-ö мынтанныд,
Дона-ö, мый сійö шуад?
Коми этша тöдö лыд,
Ныродыс пыр сійöс нуад…
Донтöм вöсна сьöмгаöн
Он жö виньдö сёйигöн!

Iag Mort
(Poème)

(Première addition au premier chant de *Iag Mort*)

1. ....
....
....
Là où en grand essaim
Volent les tétras sauvages…
Villes avides, pourquoi nous envier ?

2. Pourquoi votre colère,
Pauvre Kardor, pauvre Permie,
Et plus que toute autre – Piter ?
Quel mal avons-nous fait ?
Avez-vous de nous reçu
Chose qui vous déplût ?

3. Du saumon, du tétras, le goût
Déplaît au Komi : lui-même
Au retour de la chasse,
N'en a encore jamais tâté.
Ce que le Komi jette, ramassez-le
N'ouvrez pas trop grand la poche !

4. Vos achats sont-ils à bon prix ?
Est-ce trop cher ? que dites-vous ?
Le Komi sait à peine compter,
Et le menez par le bout du nez…
De ce saumon si bon marché
Prenez garde de vous étouffer.

5. Ягморт Печӧраын оліс…
Енманӧй, сет паметьӧс!
Печӧра пыр коркӧ воліс
Азиялысь мыйта йӧз!
Волісны тай Азиялысь
Биысь моза повзьӧмаӧсь…

6. Асьныс найӧ вӧлісны
Би кодьӧсь, эз видзны нинӧм,
Ловъя мортӧс кулісны,
Мамлысь вундавлісны кынӧм,
Кутюӧс моз питорсӧ
Шыбитлісны ывлаӧ…

7. Дӧзмӧдісны быдся нылӧс,
Зонсӧ сылысь вилісны,
Ен эз вӧв тай налӧн вылас,
Быдсӧ бут-бат вӧчисны.
Азиялысь, шуам войдӧр,
Воліс омӧль, омӧль войтыр!

8. Медся лёк сэн вӧліс гунн,
Вӧв вылас и узьліс сійӧ;
Чукля кокалӧн эз вун
Кыйны-й лэбачӧс ас киӧ…
Сійӧ вӧліс кыдзи царь;

9. И герул, уйморт и манса,
Гот, маджар и суоми
Сы бӧр воалісны. Тансӧ,
Коми йӧз, тшӧтш вӧлім ми!
Сыктыв вылын уна во ми
Сэксянь олімӧ нин, коми!

10. Татчӧс важолысьяс пыр
Лёк йӧзысь сэк пышъялісны,
Пышъялісны бӧрдігтыр
Лунвылӧ и пуксялісны
Мукӧд юяс дорӧ, кӧн
Ми ног оз тай синваӧн

5. Sur la Petchora Iag Mort vivait…
Seigneur, donne-moi mémoire !
Franchit un jour la Petchora,
Venant d'Asie, une nuée d'hommes !
Oui, ils arrivaient d'Asie
Comme fuyant devant l'incendie…

6. Mais ils étaient eux-mêmes
Les vrais incendies, n'épargnant rien,
Déchirant tout vifs les gens,
Et du ventre des mères,
Comme des petits chiens,
Arrachant les enfants…

7. Ils tourmentaient les filles,
Et massacraient leurs gars.
Dieu n'était pas avec eux,
Bêtes brutes et instinctives.
C'est d'Asie, d'abord,
Qu'est venu le mal, le peuple du mal !

8. Le plus méchant était le Hun,
Sur son cheval il dormait même ;
Il avait les jambes torses
Et attrapait les oiseaux à mains nues.
Il était comme un tsar !

9. Et le Hérule, l'Oudmourte, le Mansi,
Le Goth, le Magyar et le Suomi
À la suite apparurent. Et nous aussi
Peuple komi, nous apparûmes !
Sur la Syktyv depuis tant d'années
Nous avons donc vécu, Komis !

10. Les premiers habitants du pays
Fuyaient les peuples du mal.
Ils fuyaient en pleurant
Vers le sud, s'installant
Au bord d'autres rivières,
Comme nous, en des pays sans larmes.

11. Бӧрдны сьӧкыд няньтӧм воӧ!
На бӧрысь герул и гунн
Вӧтчисны и, гӧгӧрвоӧ,
Эз на сё кымын во мун
Сы бӧрын, кыдз лёк йӧз бырис,
Сійӧ му пытшкӧ моз пырис…

12. Кӧн Атилла? Кӧні гунн?
Дыр-ӧ чорыд кипод улас
Ойзіс Рим, код, кыдзи тун,
Римлянинӧ вӧй герулӧс
Кужис вӧчны? Войтырын
Мывкыд – медся ыджыд вын!

13. Азияса лёк йӧз кежис
Войвылӧ, и войвылыс
Регыд русӧ налысь вежис.
Регыд вир тан дэбаліс,
Этша вывті нин – и понмысь
Лоис кукань, пӧчӧ – зонмысь…

14. Ми сэк лоим рамӧсьджык.
Туйысь мудзмысьт Сыктыв дінӧ
Пуксялім ми ньӧжйӧник.
Мукӧд коми мукӧд инӧ
Вештысисны; Удӧра
Восьтім ми и Печӧра…

15. Сэсянь кызмырдӧн ми няньӧс
Татысь пондім перйыны.
Пыр жӧ вӧлімӧ ми шаньӧсь…
Ми эг кужлӧ гусясьны,
Воас йӧз и миян пачысь
Шыд-рок кыскавлывліс ачыс!

16. Миян вӧлі – лӧсьӧдлӧм
Ас ен, кодлы-й юрбитлімӧ.
Миян енмӧй тӧдлывлӧм,
Мый ми уна шогсьывлімӧ;
Сэк, мед оз вӧч аслыс шог,
«Йӧзӧдз? – шуис – Мый мем мог?»

11. Pleurer est difficile, dans une année sans pain !
Derrière, le Hérule et le Hun
Harcelaient encore et, on le comprend,
Il fallut environ cent ans,
Pour que disparût le peuple du mal,
Dans les profondeurs de la terre…

12. Où donc est Attila ? Où sont les Huns ?
Rome a-t-elle longtemps gémi
Sous leur si lourde main, Rome
Qui, comme par magie, du Hérule sauvage
A su faire un Romain ? Dans le peuple
La raison est la plus grande force !

13. Le méchant peuple d'Asie vers le nord
Se tourna et le Nord changea
Vite leur ardeur guerrière,
Au nord, bien vite le sang s'attiédit,
Et bientôt se modère – du chien
Il sort un veau, du fils un vieux grand-père.

14. Alors nous devînmes plus doux.
Fatigués de la route, près de la Syktyv,
Peu à peu, nous nous posâmes.
D'autres Komis en d'autres lieux
Se retirèrent ; nous, c'est l'Oudora
Que nous choisîmes, et la Petchora…

15. Depuis, à grand peine, notre pain
Nous nous mîmes à le gagner.
Bons, toujours nous l'avons été,
Nous ne savions pas voler.
On venait là, de notre four
Tirer le chtchi et la kacha.

16. Nous avions – tout prêt,
Notre dieu à nous, que nous priions.
Il savait bien, notre dieu,
Quelles étaient nos souffrances,
Mais pour s'épargner le malheur,
« Qu'ai-je à faire, disait-il, avec les hommes ? »

17. И Степан мӧд енмӧс вайис
Коми муӧ. Медбур ен!
Миянлы и коліс тайӧс.
Мукӧд Печӧраӧ сэн
Пышйисны бур енмысь! Пама
Ачыс сэтчӧ пышйис рама!

(Мӧд содтӧм)

28. Со ті вӧрысь петінныд,
Дзормӧм пуяссӧ тай сэтчӧ
Кынмыны ті колинныд…
Вуджид грездысь греэдӧ; лэччӧ
Шонді нин. Сідз сэні лун
Дженьыд нэма; сідз сэн ун

29. Аслыс босьтӧ лун-вой уна.
Ош тан узьӧ быдся тӧв…
Коми ошлань этша мунӧ,
Узиг во-во… Эз кӧ вӧв
Сымда узьысь коми… Кылӧ:
Эн зэв кайӧ коми вылӧ!

30. Вӧла-доддя лётӧдӧ
Тырӧм туйӧд грездлань. Греэдыс
Ачыс паныд котӧртӧ
Мудзӧм туййӧзлы. Ен меэдіс
Вӧр шӧр вӧрын гегдӧмысь.
Аддзам тыв нин потшӧслысь.

31. Пӧрысь потшӧс ковакылӧ,
Кусьыс петӧ коньӧрыд –
Ывла вылын кӧдзыд сылы…
Со нин матын – аддзанныд? –
Кодзув моза шоныд биыс
Кӧнкӧ сотчӧ керка пиас…

32. Со нин пон, дзик кӧин кодь,
Ӧтпыр увтыштіс и дугдіс;

17. Et voici qu'Étienne en terre komie
Apporta un autre dieu. Le meilleur des dieux !
Nous en avions bon besoin.
D'autres devant le dieu de bonté
En Petchora alors s'enfuirent ! Pam
Lui-même humblement prit la fuite !

Deuxième addition

28. Vous êtes sortis de la forêt.
Vous avez laissé là
Les arbres gris geler…,
Passant de village en village ; déjà
Le soleil descend. C'est là-bas le jour
D'une courte vie ; c'est là-bas le sommeil.

29. Là on dort beaucoup nuit et jour !
L'ours dort tout l'hiver ;
Komis et ours sont parents,
Dormant d'année en année… Si
Le Komi n'était pas si grand dormeur…
Il entend : ne vous en prenez pas trop à lui !

30. Vers le village vole l'attelage
Sur la route enneigée. Le village
Lui-même court à la rencontre
Des routiers fatigués que Dieu a préservés
De s'engourdir au cœur de la forêt ;
Nous voyons déjà l'entrelacs de la haie.

31. La haie est vieille, elle tremble,
Elle est hors d'elle, la pauvre,
Devant la porte elle a bien froid…
Mais tout près – tu le vois ? –
Telle une étoile, un feu bien chaud
Quelque part brûle en la maison…

32. Le chien, comme un loup,
A lancé un aboi, puis s'est tu ;

Со нин керка дiнӧ додь
Сувтӧма – и лолын югдiс…
Шойччыштамӧ ми нин тан!
Дерт ӧд, кыдзкӧ шойччыштан…

33. Ӧдзӧс воссис; кӧдзыд руыс
Панйис пырысьяссӧ, мед
Керкаас на найӧс суас…
Сартас зiля синмад тэд
Лэдзӧ тшынсӧ; пеша гӧгӧр
Чирк моз чеччалӧ тай ӧгыр,

34. Чеччалӧ и волӧдзад.
Тӧрӧкан со пазысь петiс,
Сiйӧ видзӧдлыны рад,
Кутшӧм гӧсьтӧс енмыс сетiс.
Коми муын абу вӧй
Тӧрӧкан, бур лыддьысьӧй.

35. Вӧйджык войтыр; найӧс ӧнi
Лудiк-тӧрӧканъясысь
Становӧйяс повзьӧдлӧны
Ёнджыка. И лудiк кысь
Морт мындасӧ, колӧ шуны,
Мортлысь вирсӧ вермас юны?

36. Паськыд роч империа;
Танi-й бур туйяссӧ колӧ
Нюжӧдлыны мичаа;
Танi-й туйясысь тi полӧ!
Мукӧд муын ньӧжйӧник
Воан – карысь кар сэн дзик,

37. Кыдзи петны йӧрысь йӧрӧ…
Мунӧ тi кӧть Кардорӧ,
Мунӧ тi кӧть Рочму шӧрӧ,
Корсьны пондад весьшӧрӧ
Шаньджык станцияяс. Сiйӧ
Ен нин, буракӧ, сiдз сиӧ!

Devant la maison déjà le traîneau
S'est arrêté – dans l'âme c'est la lumière...
Nous reprenons peu à peu haleine !
Oui vraiment, on peut le dire, on respire.

33. Vite on a ouvert ; la vapeur froide
A devancé dans la maison
Les visiteurs pour les surprendre...
Les copeaux lâchent une fumée
Qui vient piquer les yeux ; autour du poêle
Comme des sauterelles sautillent les braises.

34. Elles sautent jusqu'aux arrivants.
Le cafard est sorti des rainures
Et vient voir tout content
Quels hôtes Dieu lui a donnés.
En pays komi, ils ne sont pas farouches
Les cafards, lecteur bien aimé.

35. Les gens sont plus farouches ;
Plus que punaises et cafards :
La police leur cause grande peur.
Autant et plus que la punaise,
L'homme, il faut le dire,
Peut boire le sang de l'homme.

36. Vaste pays que l'empire russe :
Ici, il faut tracer des routes
Bonnes et grandes.
Ici craignez les routes !
Dans d'autres pays tout doucement,
On va d'une ville à l'autre,

37. Comme d'une rue à l'autre...
Vous partez pour Kardor,
Vous allez en Russie centrale,
Vainement vous chercherez
Des relais de poste un peu convenables –
Telle est sans doute la volonté de Dieu.

38. Печӧраын омӧль туй,
Гидъяс станцияяс татӧн.
Шаньджык пасяд ныртӧ сюй,
Доддяд пукав ыджыд матӧн…
Весьшӧрӧ эн сӧмын вид
Сэні Печӧраса гид…

39. Кыдзи тані лоны шогмӧ
Шаньджык станцияяслы,
Кодыр Мӧскуаысь ог ме
Шаньджыкъяссӧ аддзывлы?
Виччысь колян эбӧсӧдзыд,
Гашкӧ, оз ло доддяд кӧдзыд…

(Коймӧд содтӧм)

41. Кымынысь ме вӧлі кыйла
Йӧзӧс наян серниын?
Кымынысь ме шулі: «Мыйла
Вывті ачыд сёрнитін?»
Сулав1 Веськала ме сэсся,
Рамджыксӧ он аддзӧ месся!

42. Пидзӧс вылӧ уськӧдча,
Ен водзин ме ӧні ёрся,
Мый ме тасянь кутчыся
Быдся вывтіысь и корся
Лолысь эбӧс… мед кӧть час
Сомын колан сёрнитсяс!

(Нельӧд содтӧм)

58. Тӧда, енвевт лӧз, а видз,
Тӧда, нюдзвиж. Сідз жӧ-й вӧръяс.
Пелысь, тӧда, гӧрд; дзик сідз
Гӧрдӧсь школяръяслӧн бӧръяс…
Кыдзи та бӧрын ог гиж:
«Корысьяслӧн чужӧм виж?»

38. Sur la Petchora les routes sont un enfer,
Les relais sont des étables.
Plonge plutôt ton nez dans ta pelisse,
Reste assis dans ton traîneau,
Tu perds ton temps à maudire
Les étables de la Petchora.

39. Et comment par ici les relais
Seraient-ils beaux,
Quand à Moscou
Je n'ai guère vu meilleur confort ?
Attends jusqu'à l'épuisement de tes forces
Peut-être ton traîneau n'est-il pas trop froid…

Troisième addition

41. Combien de fois j'ai pris au mot
Les gens dans leurs propos !
Combien de fois ai-je dit :« Pourquoi
Sans cesse discourir ? »
Debout. Je dormirai plus tard,
Personne n'est plus doux que moi !

42. À genoux devant Dieu
Maintenant je fais serment :
Que j'éviterai désormais
Tout excès et trouverai en mon âme
La force… Qu'au moins une fois
Soit dit ce qu'il faut !

Quatrième addition

58. Je le sais, le ciel est bleu, et verts,
Je le sais, sont les prés. Et aussi les forêts.
Le sorbier, je le sais, est tout rouge,
Et rouges aussi les fesses des écoliers…
Mais comment ensuite ne point écrire :
« Jaune est le visage des pauvres » ?

59. Ягморт, код пыр ягын вӧлӧм,
Кылзи-й нимсьыс тыдалӧ,
Тайӧс…ставсӧ… эз тӧд. Сьӧлӧм
Сылы мыйя-й висьталӧ
Югыдысь тан, ен кӧ тӧдӧ!
Югыд сійӧс, асланьӧдӧ!

1870-1873

59. Iag Mort vivant dans les forêts de pins
–On le voit bien par son nom –
Ne savait pas cela… tout cela. Son cœur
Lui dit quelque chose
De la lumière, Dieu sait!
Et la lumière l'attire à elle!

1870-1873

«Ягморт»-ысь

Грездӧ локтіс юӧр
Ягморт висьӧм йылысь,
Да эз дзонь лок; сійӧс
Тӧв ныр вайис ылысь.
　　Сайдтӧмлы туй абу;
　　Веськыда оз лый,
　　Люкасьӧ быдторкӧд,
　　Массааджык мый.
　　Бергалӧ и изӧ,
　　Лыа быглялӧ,
　　Быдся пельӧ сюйсьӧ,
　　Фат моз шутьлялӧ…
Изӧм юӧр грездын
Тӧв ныр шутёвтӧма
Медводз пӧчлы, коді
Важӧн пельтӧммӧма.

Оз кӧть гӧгӧрво нем,
Ёна пӧчӧ повзяс,
Сы вылын том йӧзлы
Серальыштны ковзяс.

«Мый тэ дурскан ковтӧг? –
Шуалӧны пӧчлы,–
Кодыр лёк пон висьӧ,
Сэки-й овны кӧчлы».
Кыдзи ворсанінын
Гажа Помӧздінын
Некод оз тӧд поз;

« Iag Mort est malade… »

Iag Mort est malade !
Au village, confuse, parvint,
Cette rumeur ; le vent
En tempête l'apportait du lointain.
        Le vent fou ignore les routes,
        Il ne vole pas droit,
        Il heurte en chemin
        Tout ce qui fait obstacle,
        Il tourne, réduit tout en poudre,
        En sable qu'il roule,
        Se glisse dans les oreilles,
        Sans raison, va on ne sait où…
La rumeur, au village,
Le vent en tempête l'a sifflée
D'abord à la vieille, sourde
Depuis bien longtemps.

La vieille ne comprend rien,
La vieille est effrayée,
Et la jeunesse
Aime à s'en moquer.

« Pourquoi ces cris inutiles ?
Disent-ils à la vieille :
Quand un mauvais chien est malade,
C'est au lièvre de vivre. »
Comme sur un terrain de jeu,
À Pomözdin c'est la joie ;
Tous quittent leur foyer ;

Öтилаö, кылö,
Корö ывла вылö
Юöр жыннян моз.
Сэні шмыньялöны,
Сэні окасьöны…
«Висьö! Мый он бöрд?
– Висьö,– мöдыс шуö,–
Ловъянас ог суö…
Кыдз нö коляс сьöрд?
– Кодыр сысянь орим,
Ёна сійöс ёрим;
Öні öвсьылам;
Кулöмнас тай мездіс
Быдся шогысь грездöс;
Бурöн кодралам.
– Ме ог гарав мыжсö,
Вундышта ме гыжсö,
Мед сы эбöс-вын
Коляс тöд вылын.
– Коді кыскас сöнсö?
Кепысь вылам гöнсö
Нетшка пель дінсьыс,
Кор сідз лöсяліс.
– Мый нö, вокъяс, колö мунны!
Сэк кості, кор кывбöритам,
Коньöр Ягморт сісьмас тут,
И он сибав сы дінö.
– Колö мунны, колö-й нуны
Мыйкö ошйысьöмысь öтар.
Эй, мед куш киа эз вöв
Некод! Босьт код чер, код ньöв.
– Кыдз нö мöд ног? Абу морт тай,
Сійö вермас ловзьыны.
– Муса вокъяс, шаньджык, ме ног,
Öні гортын кольччывны,
Мед ми кувнысö ог торкö…
Кулас жö öд сійö коркö!

Sur la place rassemblés,
Comme au son de la cloche,
Ils écoutent la nouvelle
Ici on se réjouit,
Ici on s'embrasse…
« Il est malade ! Pourquoi ne pleures-tu pas ?
– Il est malade, dit un autre,
Je ne le verrai plus vivant…
Et que deviendra la forêt ?
– Nous l'avons banni de notre vie,
Accablé de toutes malédictions ;
Maintenant nous vivrons tranquilles ;
S'il est mort, il a libéré
Le village de tous les maux ;
Nous dirons l'office des morts.
– Je ne prierai pas pour ses péchés,
Je lui arracherai ses griffes ;
Que sa force et sa violence
Restent dans nos mémoires.
– Qui va lui dérouler les boyaux ?
Pour mes moufles j'arracherai
La peau de ses oreilles,
Car elle m'a bien plu.
– Que tardons-nous, frères !
Pendant que nous bavardons
Le pauvre Iag Mort va pourrir,
On ne pourra s'en approcher.
– Il faut partir, et nous armer
De plus que de nos vantardises !
Hé, que personne ne vienne les mains nues.
Que l'un prenne une hache et l'autre un couteau.
– C'est sûr : ce n'est pas un homme,
Il peut reprendre vie.
– Chers frères, selon moi,
Il est mieux de rester chez soi,
N'allons pas gêner sa mort ;
Il mourra bien un jour.

– Кыдз тэ тӧдан, мый эз кув?
– Ме ог тӧд, мый сійӧ кулiс.
– Вокъяс, каттъӧ сылысь сюв,
Сэсся вӧлись шуӧ: кулiс.
– Да и сэк на тшӧкмунанныд
Кыв джын вылад! Ягмортлӧн,
Тӧданныд кӧ, быд сюв ловъя,
Миян голяясным гӧгӧр
Сiйӧ ачыс каттъысяс
И быдсӧнӧс джагӧдалас.
Сылӧн пиньяс чеччыштасны
Аньяссьыс и сатшкысясны
Миян яй-лыясӧ пыдӧ.
Кодi аддзас Ягморт шой,
Сылӧн синмыс пондас висьны;
Кодi кылас Ягморт ним,
Сылӧн бырас пельсадьыс».
Веськыд кыв и сӧрӧм
Сiдзи сорласисны;
Кывзыны нем лоис –
Бур йӧз разӧдчисны.
Кыдзи дзебанiнын
Гажтӧм Помӧздiнын,
Пӧдласьӧм быд чом,
Чӧв олӧ быд вом.

1873-1875

– Comment sais-tu qu'il n'est pas mort ?
– Je ne sais, quant à moi, s'il est mort.
– Frères, lui qui parlait d'enrouler ses boyaux,
Le voilà qui dit : "Il est mort."
– Et ensuite vous avalez de travers,
En plein milieu d'un mot ! De Iag Mort,
Sachez-le, chaque boyau est vivant,
Autour de nos cous
Il va s'enrouler
Et tous nous étouffer.
De son palais les dents
Vont sauter et s'enfoncer
Dans notre corps, os et chair.
Qui verra le cadavre de Iag Mort
Ses yeux le feront bientôt souffrir ;
Qui entendra le nom de Iag Mort,
Son ouïe disparaîtra.»
Mots de raison et nombre de sottises
Ainsi se sont échangés ;
Quand il n'y eut plus rien à écouter,
Les bonnes gens se séparèrent.
Comme au cimetière,
Dans Pomözdin sans joie,
Se ferment les maisonnettes,
Toutes les bouches sont muettes.

1873-1875

Пасъяс синтӧмлӧн

1.

Весьшӧрӧ ме мысся: пемыд ва оз мын!
Ва пыр аддзыны мем лоас тэнӧ, югыд!
Зэв нин сёр мем лоис тіян луншӧрын,
А вой матыстчӧ на, пемдӧмсӧ он дугӧд!..
Коркӧ, уна уджавліг,
Виччысьлі ме гусьӧник
Ойбыртан кад, вой, мед аски
Бара пелька уджалас ки.
Муніс тайо райса кад.
Немкерӧм и пемыд – ад:
Зарни асыв ог нин виччысь,
Удж вылӧ ме ог нин мыччысь!

2.

Дыр-ӧ гортын пукавны мем? Петлӧ! –
Шуи ме – и войбыд ветлі…
Кар сайӧ тай кыдзья менам петсьӧм,
Кодыр йӧзлӧн шонді вӧлӧм лэччӧм.
Менсьым равзӧм эз кыв некод ылысь;
А кык шонді аслам кымӧс вылысь
Усьӧма – и эг куж бергӧдчыны…
Синтӧмавны ковмас велӧдчыны!
Эз вӧв долыд меным, кодыр зэрӧн
Резіс чужӧмӧ и нӧйтіс шерӧн;
Эг ме верны зэв и дзугыльмыны:
Синтӧмавны ковмас велӧдчыны!
Тӧдлі шогъяс! Мудзмысьт ме эг пукав,

Notes de l'aveugle

1

En vain je me lave : l'eau trouble ne disparaît pas !
Cette eau reste entre moi et toi, ô lumière du monde !
Il est déjà tard pour moi quand vient votre midi
et la nuit qui s'approche n'est que suite des ténèbres.
Autrefois, toujours à la tâche,
J'attendais que vînt doucement
Le temps de m'assoupir, la nuit ;
Qu'au matin la main retrouvât son adresse.
S'en est allé ce temps de paradis.
Ne rien faire et ne rien voir, c'est l'enfer :
L'or du matin je ne l'attends plus,
Au travail ne me rendrai plus !

2

« Dois-je encore longtemps rester au logis ?
Il suffit ! » disais-je. Marchant toute la nuit,
Il m'arriva d'aller jusqu'aux faubourgs
Quand le soleil des hommes allait sur son déclin.
Mes appels, personne ne les entendit de loin ;
Les deux soleils de mon front
Étaient tombés – je ne pouvais revenir…
Il faut apprendre à vivre sans yeux !
J'accueillis sans gaieté la pluie
Inondant mon visage, les assauts de la grêle ;
M'en plaindre, je ne le pouvais guère :
Il faut apprendre à vivre sans yeux !
J'ai connu le malheur ! Épuisé, je ne m'asseyais pas ;

Ветлігӧн эг этшаысь ме люкав:
Водзын мыльк да ва гӧп ланьтӧмаӧсь…
Уси мытшасьмысьт и петі ваысь
Вӧрзьӧм кокӧн… Синтӧмкӧд, дерт, бура
Коркӧ пондас овны и натура,
Оз кӧ пыр кут сійӧс коньявлыны…
Синтӧмавны ковмас велӧдчыны!
Чужӧмӧй и паськӧм шуралісны
Асъя тӧв вылын – и вайӧдісны
Войдурӧс сэк ичӧт мӧс вӧтлысьяс гортас…
Позьӧ миян аддзыны бур мортӧс!

3.

Аддзыны мем мамӧс вӧлі колӧ,
Кутшӧма нин сійӧ пӧрысь олӧ?
Да пӧ важӧн пемдӧма и сія…
Кыдзи аддзысям ми энья-пиа?
Коді мем, код чой-вок, код бур тӧдса,
Коді лёк йӧз – менам синлы пӧдса…
Кыдзи нӧ ме буръяс костӧ инма?
Менам эм на сьӧлӧм югыд синма!

4.

Тут кӧ синмӧй бердас,
Кодкӧ, гашкӧ, вердас.
Cogito, vel rex,
Quam mandavit lex,
Vel spiritus sanctus, quem
Пернаа йӧз виччысям.
Кыдзи лоас сэн, а колӧ тӧдны:
Тшыгъявыв ва юигӧн
Гудыр гӧптысь кымыньӧн
Синтӧм вермас сэк жӧ-й пӧдны…
Арталіг философ ног
Абу на сэн ыджыд шог.
Шогыс сэк, кор овмӧдча…
Югыдтӧг и эбӧстӧг сэк эновтча,

En marchant, souvent je trébuchais :
Devant moi une butte et un étang…
Je butais, tombais et je sortais
De l'eau, les pieds tordus… L'aveugle
Devra parfois trouver bonté dans la nature,
Si elle ne peut toujours lui crocher le pied…
Il faut apprendre à vivre sans yeux !
Mon visage et mon habit, le vent du matin
Les sécha – et les vachers ramenèrent
La chauve-souris errante à demeure…
Nous pouvons trouver sur la terre de braves gens !

3

Il me fallait voir ma mère,
Comment elle se portait, vieille comme elle est.
Depuis longtemps elle vit aussi dans les ténèbres
Comment nous voir, nous reconnaître, mère et fils ?
Qui sont mes frères et sœurs, qui sont mes bons amis,
Qui mes ennemis – tout est clos à mes yeux.
Aux braves gens, comment leur donner un nom ?
Mais j'ai encore un cœur et il a des yeux clairs.

4

Si mes yeux ici se ferment,
On va peut-être prendre soin de moi.
Cogito, vel rex,
Quem mandavit lex
Vel spiritus sanctus, quem
Nous, gens baptisés, nous attendons.
Mais comment ? Il faut le savoir :
Mourant de faim, à plat ventre,
Buvant l'eau d'une mare vaseuse
L'aveugle pourra s'y noyer…
Pour qui juge en philosophe
Il n'y a pas là grand malheur.
Le malheur, c'est commencer à vivre…
Sans lumière et sans force je traîne,

Понда воймыны пыр лунысь-лунӧ…
Вывсӧ ог тӧд, важыс вунӧ,
Быд бур аддзывтӧг и лыддьытӧг.
Бысдӧ тӧда: кыдзи нӧ оз ляк
Сэки менӧ-й Пальса дяк?
Кыдзи оз пет сылӧн лӧг?
Вундас бара: «Тайӧ виршъяс керысь,
Кӧть и синтӧмджык Гомерысь,
Бӧбджык Каспар Гаузерысь!»

5.

Менӧ ворсны гораньӧн
Ичӧт пиян корӧны.
Пышъявны ог понды, шуа,
Колӧкӧ ме кутала.

Лӧсялім – и синъясӧс
Кӧрталӧны чышъянӧн,
Кӧрталӧны, ноксьӧны зэв,
Мед ог аддзы нинӧм ме.

«Кӧртав сійӧс ёнджыка!
Син джын, вокӧ, тыдалӧ,
А оз висьтав, эстшӧм мудер!»
Ӧти шуӧ ме йылысь.

Лэдзисны – и куті ме
Нёль-ӧ-витӧс ӧтпырйӧн.
Венсьыны сэк менам пиян:
«Бысдӧ аддзис пӧ, да кысь!»

Вывсь кӧрталісны; пыр
Бара зонмӧс куті ме.
«Бысдӧ аддзӧ! – шуалӧны, –
Да оз висьтав веськыда!»

Висьтала ме веськыда,
Весьшӧрӧ м'оз вежныд пет…
Во гӧгӧр пыр тадзи ворса –
Эшті ёна велавны!

Irai désespérant de jour en jour…
J'ignore le neuf, le vieux je l'oublie,
Sans voir ni lire ce qui est bon.
Je sais tout : comment le curé de Pal'
Ne vient pas me calomnier,
Quelle méchanceté il va dire.
De sa voix tranchante : « Ce fabriquant de vers,
S'il est plus aveugle qu'Homère,
Est plus sot que Kaspar Hauser ! »

5

Les petits garçons m'invitent
Au jeu de colin-maillard.
« Je ne cours pas me cacher, dis-je,
S'il le faut, je vous attrape. »

On est d'accord. D'un foulard
Ils me bandent les yeux.
Ils serrent le bandeau et s'affairent
Pour que je ne voie rien.

« Serre-le plus fort !
On voit à moitié ses yeux, frère,
Et il ne dit pas mot, le vilain rusé ! »
Dit l'un, parlant de moi.

Ils me laissent – j'en attrape
Cinq ou six à la fois.
Les garçons alors de disputer :
« Il a tout vu, et comment ? »

Ils rattachent bien serré le bandeau,
Mais j'attrape encore un garçon.
« Il voit tout ! disent-ils,
Et ne le dit pas franchement ! »

Je le dis franchement,
Vous avez raison de m'envier…
Toute l'année je joue à ce jeu,
D'où ma longue expérience !

6.

Быдся гораньöн ме ворслi!
Эг пыр кутлы, а пыр корсьлi.
Кöртаси ме эськö дас нёль арöн
Омофорöн кöть орарöн!
На пыр эг ме аддзы эськö му выв,
Да ме мувывсасö сэк эг юав!

Регыд вежсьылiс сэк олöм,
Вежсялiсны дум и колöм…
Абу ангел тай быд манак нима!
Лöз дукöс, мундир и схима –
Ас кöр серти пасьтасьöны наöн,
А ме вöлi кöртасьла боаöн.

Мича ныра мукöд лунö
Бур сьöлöма вылö мунö…
Кызь арöса ышман ныр ни сьöлöм
Сук боа пыр важöн вöлöм
Оз аддзы – и майбыр! Но Киприда
Пышйис киысь, сюрис мем Фемида.

Синъясöс мем кöртавлiгöн
Сэк Фемида гусьöникöн
Юрист-горань меным серавлывлiс,
Серамас и шог кöть кывлiс…
Тырмас, вокъяс! Сэсся ог ме йöртав
Йöзöс тюрмаö – и сэн ог кöртав!

Олi быдсяма йöз дiнын,
Кодкöд ворслi, вунöдi нiн…
Пыравлi ме школаö и сулi
Школяръясöс ворсiг. Шулi:
«Корсьö, аддзад!» Но ме весьöпöрны
Эг вермы, мед важ курс выльысь сöрны.

Ой, кöть олöм меным дона,
Овны мудзи, мудзи ёна…
И мый ичöт дыръя вöлi колö,

6

J'ai connu bien des colin-maillard,
Sans toujours attraper mais toujours essayant;
À quatorze ans mon bandeau
Était l'étole d'un prêtre!
Ne cherchant rien de terrestre
Longtemps je n'ai rien vu de la terre,

Soudain la vie changea,
Changèrent esprit et désirs...
Plus d'ange sous le nom de moine!
Le caftan bleu, l'habit, la chasuble –
De cela qu'ils s'affublent à leur guise,
Moi, c'est un boa qui me banda les yeux.

Un beau minois parfois
Passe pour brave cœur...
Mais à vingt ans l'épais boa
Ne voyait ni le minois mutin
Ni le cœur – et tant mieux! Cypris
M'échappait, il se trouva Thémis.

Laquelle, en me bandant les yeux,
Et riant doucement, cette Thémis,
Me fit juriste de colin-maillard,
Et dans son rire on sentait le malheur.
Suffit, frères! Je ne jette pas les gens
En prison – ni liens ni bandeau pour eux!

J'ai vécu près des hommes de toute sorte,
Avec qui j'ai joué, je l'ai déjà oublié.
Je suis allé dans les écoles, jouant
Avec les écoliers. Et je disais:
« Cherchez et vous trouverez! » Mais je ne pouvais
M'empêcher de bafouiller de vieilles leçons.

Hélas, bien que la vie me soit chère,
J'étais lassé de vivre, las, très las.
Tout ce à quoi aspirait mon enfance,

Дум вылӧ мем бара волӧ:
Бара му выв лоис меным тюрма;
Дыр-ӧ петан ӧдзӧсӧ ог сюр ме?

И кӧть сідз жӧ пемыд гу сай,
Ми-воклы сы горань муса;
Тамыш син ни кузь бедь сэн оз ковны,
Сэтӧн вошӧмысь оз повны;
Гу пытшкысь тай туйяс разӧдчӧны
И быд туйӧд пасӧдз волывлӧны!

7.

Висьтавласны, олас-вылас
Вифинияын Финей.
Сійӧ эз вӧв ме моз чинтӧм,
Сійӧ вӧліс ме кодь синтӧм,

Сёян-юан (колӧ шуны,
Сійӧ вӧліс сэтчань царь)
Эм тай мыйысь пӧжны-пуны;
Да эз вермыв сёйны-юны.

Кодыр сійӧс пызан саяс
Пуксьӧдлісны, сэтчӧ пыр
Лэбзявлісны гарпияяс,
Сьӧлавлісны супас, яяс…

Пежавлісны чери, фруктъяс,
Ёгӧсьтлісны винаяс…
Вештавлӧ царь эзысь дозъяс
Видлывтӧг – и сідз пыр царь тшыг!

Лёка важӧн кулалісны
Вифиния и Финей;
Кувтӧмӧсь тай гарпияяс!
(Шогъяс му вылын оз бырны).

Кодыр сімис менам шонді,
Тут ме вошті аппетит,

À nouveau aujourd'hui visite mon âme.
À nouveau la terre m'est devenue prison ;
Dois-je longtemps en chercher la porte ?

Bien que la tombe ne soit que ténèbres,
Nous y jouerons au cher colin-maillard ;
Là nul besoin d'œil myope ni de long bâton,
Là, nulle peur de s'égarer ;
Au fond de la tombe les chemins se séparent
Mais tout chemin mène au terme fixé.

7

On raconte que dans les temps jadis
En Bithynie vivait un certain Phinée.
Il n'était pas comme moi sans majesté,
Mais comme moi il était sans yeux.

Pour le manger et le boire (il faut dire,
Que c'était là-bas un puissant roi)
Il avait de quoi bouillir et cuire
Mais il ne pouvait ni boire ni manger.

Quand à sa table,
On l'installait, là sans cesse
Volaient les harpies,
Crachaient sur sa soupe, ses viandes…

Souillaient le poisson et les fruits,
Salissaient les vins… Sans y goûter
Le roi repoussait les plats d'argent
– Et toujours le roi avait faim !

Il y a beau temps que sont morts
La Bithynie et Phinée :
Mortes aussi les harpies !
(Sur terre les malheurs n'ont pas pris fin.)

Quand mon soleil de rouille se teintait,
Alors je perdais l'appétit,

И руд енвевт менам пондіс
Та сьӧд лэбачьясӧн тырны!

Наысь ӧтар нем ог аддзы,
Кытчӧ дзебся найӧысь
Топыда гу тальӧ! Татчӧ,
Мед кӧть татчӧ оз нин пырны!

«Тэ моз ми ог пӧдӧ муын!» –
Гарпияяс раксӧны: –
«Колльӧдам ми гу вылӧдзыд…
И бӧр карӧ – гуын кӧдзыд…

Паськыда ми югыд вылын
Гулюяскӧд, кутшъяскӧд
Лэбалам, ог гуӧ пырӧ…
Кув, эн пов! И шог сэн бырӧ!»

8.

Садьмысьт асылын ог восьтыв
Колян синъясӧс ме дыр;
Эг-ӧ тут нин вошты лунъяс
Войковнас, ме пола пыр…

Синъясӧс ме восьтӧдала
Полігтырйи ньӧжйӧник…
Асыв аддзывла на ӧнӧдз –
Ва пыр моза, этшаник…

Инда ӧшинь; еджыд чышъян
Сёрнитысьлысь аддза на…
Есаульша! Синтӧммыны
Пола ме не тэ вӧсна.

Тэ он шыбит менӧ бурӧн,
Сӧмын, гашкӧ, дӧзмӧдас…
Мӧд ног сэки оз и позь тай,
Сэки муса пышйывлас.

Et je voyais le ciel en sa voûte grise
Se remplir de ces oiseaux noirs.

Je ne distingue plus rien,
Comment et où leur échapper ?
Tassez dru la terre de ma fosse !
Qu'ici au moins elles ne puissent entrer.

« Nous ne voulons pas sous la terre
Étouffer comme toi, croassent les harpies.
Nous te menons à ta tombe,
Puis retour à la ville – dans la tombe il fait froid…

Nous préférons l'espace et la lumière,
Avec les aigles, avec les colombes,
nous volons, pour nous point de tombe…
Meurs, sans peur ! C'est la fin des malheurs. »

8

Au réveil le matin longtemps je n'ose
Ouvrir ce qui reste de mes yeux ;
N'ai-je pas changé déjà le jour
en nuit, c'est ma crainte constante…

Dans l'angoisse je me force
Peu à peu à ouvrir les yeux.
Je vois encore le matin –
Un peu, comme à travers l'eau…

Voici la fenêtre ; je vois encore
Le voile blanc de celle qui me parle.
Essaoulcha ! Perdre la vue
Me fait peur, mais tu n'y peux rien.

Tu ne me quittes pas pour de bon
Seulement, peut-être, s'il y a offense…
Il n'en peut être autrement,
Alors la chérie prendra la fuite.

Пола, кодыр синтӧмма ме,
М'оз шу муса есаул:
«Эз кӧ гӧтыр вылӧ видзӧд,
Эськӧ синтӧмӧн эз кул.

Сэк эз вежӧкты тай эськӧ
Бур Микола нинӧкор
И эз дорйы есаулӧс,
И эз мыждӧм вӧв майор!»

9.

Локтӧ менам вой,
Локтӧ кузь и сьӧд,
Ыджыд воськола,
Мудзӧм оз тай тӧд...

Керӧс эн сувтӧд
Сылы туй вылас –
Сійӧ енвевтӧдз
Мусянь чеччыштас!

Море эн вольсав
Сылы кок улас –
Пӧвйыс кокньыда
Вавыв исковтас!

Оз пышйы та вой
Биысь, помысь моз
Сыысь саӧссяс,
А оз югыд поз!

Локтӧ менам вой,
Локтӧ кузь и сьӧд,
Ачыс нем оз шу
И оз бур кыв тӧд.

Быд сер вуштӧма,
Быдтор сорлалӧм
Пемыдын – и ме
Сӧмын торъялӧм...

J'ai peur, si je perds la vue
Que le cher essaoul ne dise :
« S'il n'avait pas regardé mon épouse,
Il ne serait pas mort sans yeux.

Alors il n'aurait pas été jaloux
Le bon Nicolas, jamais,
Et n'aurait pas défendu l'essaoul
Et le major n'aurait pas été accusé ! »

9

Elle vient ma nuit,
Elle vient longue et noire,
À grands pas,
Sans connaître la fatigue…

Sur sa route
N'élève pas de montagne –
Jusqu'à la voûte céleste
Du sol elle saura bondir !

Sous ses pieds,
Ne répands pas la mer –
D'une barque légère,
Elle filera sur l'eau !

Cette nuit ne craint
Ni le feu ni le tison :
Le foyer s'en noircit,
En perd sa lumière !

Elle vient ma nuit,
Elle vient longue et noire,
Elle-même ne dit rien,
Et ne sait dire le bien.

Toute couleur est effacée,
Tout est mêlé,
Dans la ténèbre – et moi
Me voici isolé et perdu…

Шонді кусӧдіс
И оз ломзьӧд мем
Тӧлысь-кодзувсӧ,
И оз ломзьӧд нэм!

Синъяс кӧрталіс,
Мед не аддзыны –
И эз кӧртав вом,
Мед мем лолавны.

10.

Кытчӧ ті дзебинныд мамӧс?
    Нуӧдӧ гу вылас писӧ.
Ӧти пуд кыкнанлӧн… Нуӧдӧ –
    Нюжӧдӧм кисӧ!

Гаж вылӧ битӧмӧсь синъяс,
    Шог вылӧ синваӧн тырӧсь…
Няра эг бӧрдлыв, мед вӧвліс шог,
    Курыд и гырысь!

Чӧжсьӧма синваӧй ӧні…
Маманӧй! Гу вылад уся…
Мый тэа-меа зэв шудтӧмӧсь,
    Абу тай гуся!

1870-1874

Elle a éteint le soleil,
Et n'allume pour moi
Ni la lune ni l'étoile,
Et n'allume pas la vie.

Elle a bandé mes yeux,
Pour m'empêcher de voir –
Et ne m'a pas bandé la bouche,
Me laissant respirer.

10

Où est la tombe de ma mère ?
Qu'on y porte aussitôt le fils.
Même destin pour tous deux… Allez –
Elle m'a tendu la main.

Pour la joie, les yeux sont sans feu,
Pour le malheur, ils sont remplis de larmes…
Je n'ai pas pleuré pour que vînt ce malheur,
Cette amère douleur !

Et maintenant j'ai fait le plein de larmes.
Ô ma mère ! Je descends dans ta fosse…
Toi et moi avons été très malheureux,
Ce n'est point un mystère !

1870-1874

«Коми кыв, тэд раммывлыны ковмас...»

Коми кыв, тэд раммывлыны
Ковмас. Пондам виршъяс кыны,
Виршлӧн мичаджык тай сер;
Вирш оз дӧзмӧд кыдзи проза.

Сулав! Ӧнi рифма сырйӧн
Виршӧс сыръялам и зырйӧн
Ывлавылӧ шыбитлам...
Лэптас-ӧ код, видзӧдлам...

Коми кыв пӧ усьӧм улӧ,
Коми кыв пӧ кутшӧм кыв!
Оз кӧ талун, аски кулӧ –
Бур морт комиӧн оз сьыв...

Кодi коми, кодi роч,
А оз петкӧд серам шоч.

1874

«LANGUE KOMIE, IL TE FAUDRA T'ADOUCIR…»

Langue komie, il te faudra t'adoucir.
Les vers que nous tisserons,
Auront broderie plus belle, et seront
Moins ennuyeux que la prose.

Allons ! Du velours de la rime
Nous ferons des franges, et du balai
Au dehors les pousserons…
Si on les ramasse, nous le verrons…

Le komi, dit-on, est promis à la mort
(Est-ce une langue que le komi !?)
Si ce n'est aujourd'hui, ce sera demain –
(Un honnête homme chante-t-il en komi !?)

Qui du komi, qui du russe,
Rira bien qui rira le dernier.

1874

«Та пельӧсӧ регыд…»

Та пельӧсӧ регыд
Сувтас менам горт;
Кывлытӧм и тӧдтӧм
Йӧзлы вӧліс морт.

Ньӧжйӧникӧн олас,
Кулас ньӧжйӧник;
Ас морт оз ло; бӧрдны
Нинӧкодлы дзик.

Горт гӧгӧр – *Laus Deo* –
Лоас шы ни тӧв;
Сыбӧр лоас кыдзи
Морт ни горт эз вӧв…

1875, Алма-Ата

« Dans ce coin-là bientôt... »

Dans ce coin-là bientôt
S'élèvera ma demeure ;
Un homme y vécut, que ne connut,
Ni n'entendit personne.

Discrète fut sa vie,
Sa mort sera discrète.
Pour le pleurer – il n'est plus –
Il ne viendra personne.

Autour de la demeure – *Laus Deo* –
On entendra un grand silence ;
Puis ce sera comme s'il n'y avait eu
Ni demeure ni personne...

1875, Alma-Ata

Glossaire

Borka : nom authentique ou inventé d'une notabilité d'Oust'-Syssolk.

Chtchi : soupe aux choux traditionnelle (russe).

Epalski : nom authentique ou inventé d'une notabilité d'Oust'-Syssolk.

Essaoul : grade d'un officier cosaque, probablement en poste au Kazakhstan.

Essaoulcha : épouse de l'essaoul.

Étienne : Étienne Khrap ou Étienne de Permie (vers 1335-1396), évangélisateur et saint patron du pays komi, canonisé en 1549. Il donna aux Komis un alphabet et traduisit en leur langue les textes sacrés.

Hérules : peuple germanique, comme les Goths, venu de Scandinavie.

Iag Mort (« L'homme de la forêt de pins ») : un des personnages les plus importants de la mythologie komie, vu tantôt comme un bienfaiteur, tantôt comme un être dangereux.

Kardor : nom komi de la ville d'Arkhangelsk.

Levitski : nom authentique ou inventé d'une notabilité d'Oust'-Syssolk.

Louza : rivière qui traverse le sud-ouest du pays komi, près de la région de Viatka.

Mansi : peuple finno-ougrien, appelé aussi Vogoul, situé à l'est de l'Oural, dont les Komis eurent à se défendre.

Michel : prince de Grande Permie au XVe siècle, tué par les Mansis en 1481.

Oudmourtes : peuple finno-ougrien, appelé aussi Votiak, situé au sud du pays komi (capitale actuelle de l'Oudmourtie : Ijevsk). Leur langue est très proche du komi.

Oudora : région au nord-ouest du pays komi, sur le fleuve Mezen.

Oust'-Syssolsk (en komi : Syktyvdin) : ancien nom de Syktyvkar, capitale du pays komi, sur la rive gauche de la Syssola (en komi : Syktyv) à son embouchure (russe *oust'*, komi *din*) dans la Vytchegda. Catherine II lui donna en 1780 son statut de ville d'Empire.

Pal' (en russe, Palevitsy) : village sur la rive droite de la Vytchegda, à une cinquantaine de kilomètres en aval de Syktyvkar.

Pam/Pama : sorcier ou chaman légendaire, combattu avec succès et chassé par saint Étienne de Permie. Il est évoqué, en tant que figure nationale, dans quantité de récits et d'œuvres diverses.

Permie : région historique de Russie, foyer des peuples komis. La « Grande Permie » est le pays des Komis permiaks, dans le bassin de la Kama (à proximité des Oudmourtes) ; la « Permie de la Vytchegda » est celui des Komis zyriènes, dans le bassin de l'océan Arctique où ils se sont établis vers le VIe siècle. Sur son nom a été formé l'adjectif « permien » qui qualifie les langues finno-ougriennes originaires de cette région : le komi et l'oudmourte.

Petchora (1830 km) : fleuve qui prend sa source au sud de l'Oural, traverse le pays komi du sud-est au nord-ouest et se jette dans la mer de Kara, à Narian-Mar, capitale de la région des Nenets.

Piter : nom familier de Saint-Pétersbourg.

Pyras : nom komi de Kotlas.

Pomözdin : nom de village sur le cours supérieur de la Vytchegda.

Syktyv : voir Oust'-Syssolsk.

Vass : personnage à face de chien de la mythologie komie, annonciateur de la mort.

Zyriènes : autre nom des Komis du nord qui les distingue des Komis Permiaks, situés plus au sud, proches des Oudmourtes.

Transcription du poème *Ténèbre*

Пемыд

Міjан Му вылын сjӧд Вој
Сулалӧ ме ог тӧд кін кор сjанj,
Вој сін Јӧз ыс сjӧд жӧ, тај
Весчӧрӧ тај Јӧз ӧс корсjан..
Ок, он адзjы! Мукӧд ыс
Весjкӧ-j-јӧджыд пасjкӧм а ӧсj;
Да і сені паја ӧс
Борда-шыр jас велмуjтӧма ӧсj!
Једжыд вылӧ лjӧк Вампір
Торша сачкысjӧ… і тӧда,
Кыа пет тӧдзj шатӧні
Тачӧм Пемыд ын ме кӧда…

Пыр жӧ кор кӧ петас тан
Шондi; адзjа – рӧмкӧ ылын…
І јенвелтса лысва сак,
Вок jас, југдас му ӧј вылын!

1965

éditions Paradigme

Des textes de référence et des outils de travail : éditions de textes, essais, études de synthèse sur un thème ou un auteur, et aussi recueils d'articles.

Les ouvrages proposés sont principalement destinés aux amateurs de littérature, aux enseignants et universitaires, aux étudiants, et aux curieux d'histoire des idées.

Dans la même collection

Basilio Belliard - *Sueños isleños / Rêves insulaires*

Lassi Nummi - *Elämän puutarha / Le jardin de la vie*

Jaan Kaplinski - *Raske on kergeks saada / Difficile de devenir léger*

John Bradburne - *Strange vagabond, who knows not what to seek / Étrange vagabond qui ne sait quoi chercher*

Jeanne Marie - *Los caminos del alma / Les chemins de l'âme*

Natalia Malakhovskaïa - *Твоей любовью ночь освещена / C'est ton amour qui éclaire la nuit*

Jaime Siles - *Actes de parole / Actos de habla*

Elias Lönnrot - *Kanteletar*

Jarosław Iwaszkiewicz - *L'Amour cosaque*

Jorge Tufic - *Que será de ti, Amazônia? / Qu'adviendra-t-il de toi, Amazonie ?*

Dépôt légal : septembre 2019 N° imprimeur : 091964065

Imprimé en France par Présence Graphique - Monts.